情暖那片土

孙修军 著

四川民族出版社

图书在版编目（CIP）数据

情暖那片土 / 孙修军著 . -- 成都 ：四川民族出版社，2023.1

ISBN 978-7-5733-1042-2

Ⅰ．①情… Ⅱ．①孙… Ⅲ．①中国文学－当代文学－作品综合集 Ⅳ．①I217.2

中国国家版本馆CIP数据核字（2023）第 021265 号

QINGNUANNAPIANTU

情暖那片土

孙修军　著

出 版 人	泽仁扎西	
责任编辑	钟　怡	
责任印制	谢孟豪	
出版发行	四川民族出版社	
地　　址	四川省成都市青羊区敬业路108号	
邮　　编	610091	
照　　排	四川悟阅文化传播有限公司	
印　　刷	成都市兴雅致印务有限责任公司	
成品尺寸	145mm×210mm	
印　　张	9	
字　　数	220千	
版　　次	2023年1月第1版	
印　　次	2023年1月第1次印刷	
书　　号	ISBN 978-7-5733-1042-2	
定　　价	89.00元	

序

情满故乡

——品读孙修军作品集《情暖那片土》

潼河水

　　故乡和童年，是一个作家创作的永恒主题。那些遥远的记忆时刻光临你的脑海，让人怦然心动，产生写作的冲动。孙修军就是这样一位作家，一位故乡的忠实记录者。

　　《情暖那片土》分散文、小说、诗歌和报告文学四部分。散文是本部作品集的重中之重。散文作品是最能反映一个人的真实面貌的。孙修军从事新闻工作30余载，人生阅历颇丰。故乡的一草一木熟稔于心，故乡的人文历史如数家珍，故乡的人情世故了如指掌。

　　作者在散文《水清鱼多翠鸟来》中写道："不远处的几只水鸟，咕咚一头扎进水里，一圈圈水晕还没怎么平静下来，水鸟又咕噜一声冒了出来，泛起的一圈圈涟漪与那水中钓竿倒影轻轻晃动，交映生辉，形成了一幅人与自然、静与动的完美画卷。早陈河像一

条巨龙……蜿蜒地伸向远方。清清的河水，水草茂密，小鱼儿在水草间悠闲游动，一条不大的黑鱼掩藏在水草间，猛地向鱼群冲来，吓得小鱼儿四下乱窜。"对一条河流和草木的抒写，其实就是对故乡的赞美。读他的散文是一种美的享受，是一种精神的慰藉和解脱。人与大自然那么和谐，让人心旷神怡。在阅读中，你可以暂时忘却尘世的喧嚣，让自己沉静下来。

"西沙河在我们那里被称作闸塘河，我所说的西沙河便指的是这里了。西沙河支流繁多……不经意间也会有黑鱼或那细长的白条刁子鱼像箭一般向上游蹿去，迅速地躲进茂密的水草丛中。戏水、捉鱼、抓蟹便是我们童年最大的快乐。"（《西沙河流淌着幸福快乐》）充满诗情画意的画面，让人怦然心动，无不向往。这些童年的回望，对童年自由自在、无忧无虑的生活的追忆，恰恰反衬了当下精神生活的困顿与匮乏。在物欲横流的社会，每个人都无法独善其身。"斯是陋室，惟吾德馨"的年代已经成为历史烟云。人们注重的是外在的东西，而非心灵的境界。比如散文《施恩美》里边的主人公施恩美，她拾金不昧，却被很多人嘲笑为"愣子"。对美的践踏和亵渎，凸现人性之恶。向善之举应得到全社会的尊重和效仿。此事经媒体报道，立即引起社会反响。当地文艺界人士把此事编成喜剧公演，弘扬正能量，鞭笞假丑恶。

故乡是心灵的避难所，是灵魂的栖息地，是肉身的最后归宿。莫言的故乡是山东高密的东北乡，付秀莹的故乡是河北无极的芳村，孙修军的故乡是江苏泗洪一个叫闸塘的小村庄。那里的西沙河，那里的太皇堤，那里的乌鸦岭……都承载着他的饱满的情感。《割草》《煤油灯》《二奶家的麦黄杏》《戏迷老赵头》等作品，无不以故乡作为精神的版图。作者以景衬情，情景交融，以娴熟的

序

笔墨塑造了一个个让人怀念、让人心酸、让人景仰的人物。这些活着或者离世的故乡人物，都埋在作家的心底。

朴实的语言，接地气的文字，更能打动人。散文《二柱与秀梅》里，大都用原汁原味的语言，引用民间俗语俚语勾画人物。"二柱子性子不好，小时候和同伴吵架就会'绵羊大憋气'。你听大成子瞎开玩笑，我们家二柱子是那样的人吗？你们结婚这么多年，难道你还不了解二柱子吗！"小说《我的婚姻我做主》里民间俗语有多处："老实人多干蛋""天干没有好露水，人穷没有好亲戚"。据此，可以看出作家对农村生活是熟悉的。要想写出好作品，作家必须要深入生活，下沉到基层、民间，体验生活的苦与乐。作者在农村生活了很多年，参加过割草，打场，收酒瓶……所有的劳作，都是为后天做准备的，它是创作的源泉和基石。作家墨中白说，当我创作陷入困境时，我就会骑着自行车到乡下走走。文学创作，不能闭门造车，做无米之炊。

散文创作是作家孙修军擅长的。生活的酸甜苦辣，通过笔端，肆意漫流。二奶、外婆、疙瘩李、段师傅、七零、老赵头等众多人物，其实是近百年农村历史的缩影。他们是农村生活的亲历者、见证人。比如老赵头，做过生产队和大队干部，并且喜爱编排群众喜闻乐见的地方小戏，有时自导自演。农村人的喜怒哀乐以说拉弹唱的方式再一次呈现，教育人鼓舞人，起到了一定的社会效应。作家的笔下大都是小人物，小人物身上纯朴高尚的品质，在我们这个社会是弥足珍贵的。挖掘人性的光芒，只为照亮暗淡的世界。文学的力量是渺小的，也是伟大的。她如春雨，润物细无声；她如春风，抚摸枯萎的野草；她如一株株麦子，滋养众生。

孙修军的创作涉猎广泛，除了散文、小说，还有诗歌、报告文

学、新闻等。

　　如果他的散文创作能够扩大疆域，进一步深挖，有纵深感，纬度更广袤，会更佳、更有厚重感。大散文的创作，需要作家一步步的历练和学习，需要一定的毅力和恒心。文化散文的创作，是一个散文家的方向和成熟的标志。

　　秋天来了，树上有了硕果。祝愿孙修军先生再创佳绩，勇攀文学的高峰。

　　杂七杂八，是为序。

壬寅年初夏写于浙江台州

目 录

C O N T E N T S

目录

目　录

诗　歌

目 录

报告文学

散文

SANWEN

水清鱼多翠鸟来

星期天，我和女儿在早陈河边闲谈散步。"爸爸快看，翠鸟嘴里还叼着一条浑身抖动的小鱼呢！"女儿惊呼。只见一只嘴巴尖长，浑身绿莹莹的翠鸟蹚开了芦苇，叽的一声，从水面划过。这时我才回过神来，感觉真的是好长时间没看到过翠鸟了！

在早陈河边散步，几乎是我晚饭后和星期天早晨的必修课，散步之余，我欣赏着岸边的小花和那晶莹剔透的露珠从小草叶上滑落下来。几声蝉鸣，惹引那湛蓝的牵牛花爬上了树梢，在微风下抖动，吹起着她那小喇叭，仿佛在告诫岸边散步的游人，放慢脚步、轻声前行，鱼儿正在咬钩。

游人渐近，离岸边垂钓者不远处的几只水鸟，咕咚一头扎进水里，一圈圈水晕还没怎么平静下来，水鸟又咕噜一声冒了出来，泛起的一圈圈涟漪与那水中钓竿倒影轻轻晃动，交映生辉，形成了一幅人与自然、静与动的完美画卷。

早陈河像一条巨龙，南接濉河、汴水交汇之处，北跨泗洪工业园区，蜿蜒地伸向远方。清清的河水，水草茂密，小鱼儿在水草间悠闲游动，一条不大的黑鱼掩藏在水草间，猛地向鱼群冲来，吓得小鱼儿四下乱窜。贪吃的黑鱼，如果你要诱捕它，那可谓是一诱一个准儿。

今年仲夏，钓友李顶约我到早陈北部去钓鱼，我如约而至，带上自己编织的鱼篓和钓竿，在大华种业对面选好了一处钓点，开始投食。投食间，惊动了水草丛中一条一尺来长正在"晒头"的黑鱼，黑鱼立即将"晒头"地点移至另处水草丛中，继续着它的"晒头"。这一发现让我心中惊喜，幸好老婆今晨买虾，我顺便抓了几只带上做诱饵。

此间，我急忙挽钩，装上青虾做诱饵，调整了钓竿和鱼漂，从水草稀疏的缝隙中，轻轻地将青虾诱饵投放到黑鱼"晒头"不远处的正前方。这时我轻轻地抖动一下鱼线，黑鱼射箭般从水草丛中蹿出，一口咬住了青虾，鱼漂猛地往下斜沉。我用力一拉，黑鱼牢牢地挂在了鱼钩上，在水中来回乱窜。我用自制的鱼篓将黑鱼装上，在河里随手抓了一大把水草，将鱼篓口紧紧地塞严实，立放在河边浅水中。

这时，钓友刚投下鱼食，无鱼上钩，就来转转聊聊，见我鱼篓已放在水中，就急不可耐地问我："钓到啦？"伸手就要揭开鱼篓上的水草。我告诉他："不能看。""有啥不能看的！"话还没说完，钓友将鱼篓上的水草塞拔开，黑鱼一个纵身，跃出了鱼篓，我扔下钓竿，与钓友同时扑向黑鱼，左扑、右扑，幸好岸边水浅，水草茂密，才将逃出的黑鱼捉回。我与钓友浑身湿漉漉的，往下淌着泥水，你望望我、我看看你，感觉很是好笑。他还感慨："怪不得说不能看！"

如今的早陈河是水草丰盛、鱼儿成群、水鸟戏水，我身为一个客乡人，开始怀疑诗人朱玉明老先生几年前的诗作《早陈河污

染》："绕镇穿村害万家，一河污水可涂鸦。谁怜翠鸟远来苦，独立枝头不见虾。"

几经治理，早陈河早已水清天蓝，而我也深深相信，绿水青山护河护水工程会让中华大地所有山川河流、滩头湖泊的水更清、天更蓝。人们安居乐业，席水而居，常常在水中摸鱼捉虾、浣衣洗菜、淘米做饭。

2019年2月16日刊发于《宿迁晚报》梧桐巷副刊

割　草

　　提到了牛羊，便想起儿时割牛草那档子历历在目的往事。割草给童年留下了很多美好的回忆，也使我受到了深刻的教育和启发。

　　清楚地记得，那是上小学一年级的夏天，暑假里母亲让我跟哥哥姐姐们去太皇河边割草，留称给生产队里喂牛，好给家庭里面记工分。其实那时候我们根本就不懂得什么是记工分，只感觉跟大孩子们一起去割青草挺好玩的。刚刚割了几把草放到篮子里，就想起了玩耍，不由自主地在河边上，用脚在沙泥里上下踩脚，玩起了拍泥巴、摔大炮、玩泥巴……

　　沙泥在脚和手的拍打下，很快就晃动出了水来，几个和我差不多年龄的小伙伴都围了过来，七手八脚地都玩起了泥巴，并且还在所颠的泥巴上插上各式各样水草，大家还一起约定，不许将泥巴上的水草拔掉，等过几天再来看看它们是否长出了新芽。

　　伙伴们玩得很起劲，把所有的一切都忘掉了，把大人们交代的割青草缴给生产队喂牛，可以给家庭里记工分的事情全都给忘完了。在哥哥姐姐们严厉的催促和恐吓下——"还不快割草！看看你们，就割了两把草，你大、你妈要是知道你们在外面贪玩，没割着

草，回家不打你们、骂你们才怪呢！"我们才开始割草，但还没割几把，哥哥姐姐们已在整理草篮子准备回家，到生产队里去称牛草了。

这一下子可把我们急坏了，一急之下，我就将自己颠的烂泥连草一起扒了起来。我先在草篮底下少放一点青草，然后将烂泥放到草篮子里，再在烂泥上面放一点青草。背起草篮子也不敢回家呀，就径直向生产队里牛草场奔去。远远看着牛草场上称草的人很多，就胆怯地不敢往前去称草，害怕相比之下自己的草篮子露出了马脚。直到称草人们都走完，我才过去称草。

称草的卢嫂和我母亲是最好的朋友，看见我去称牛草，她喊着我的乳名："哟！军子兄弟也学会割草啦，不错！来我给你称称。"卢嫂用钩秤称了一下，告诉我十四斤，并做了记录，吩咐我把草倒到边上，转脸就回队屋里了。一听是十四斤，我自然是很高兴，一路唱、一路跳跑回了家。父母问我今天割了多少牛草，我高兴地回答"十四斤"，父母还表扬了我："今天割草的成绩不错嘛！"心里暗暗为自己的小聪明而高兴。

每天晚上闲来无事的时候，卢嫂都会到我家串门，与我母亲聊天说话玩上一阵子，看到她们说话有点避讳我，我心里自然也有点不安的感觉。直到晚上睡觉时，隐约听到父母在说话："不诚实，投机取巧，还弄虚作假欺骗父母和卢嫂，这事不能就这样算喽！一定要好好教育一下。"本来就是个热天，我被吓得蜷缩着腿，夜间睡着了嘴里还大叫着："大大别打我，我改，我改……以后我再也不敢了。"母亲听到了我的惊叫忙过来搂着我，帮我擦去了额头上汗水，嘴里念叨："不怕……不怕，以后一定要做个诚实的孩子，千万不能做投机取巧、欺骗他人和父母的事情。"

母亲将我哄睡，其实我再也没有睡着，听见母亲和父亲在说话："这孩子本来胆子就小，教育教育让他知道错就行了，可别吓着孩子。"当时父亲的一句话到现在我还铭记在心："这可不行，棒头底下出孝子，你不让他痛，他不长记性，要是这事情就这样不了了之，说不定过两天，他很可能就把这事给忘记了。孩子以后做人的日子还长着呢！"第二天吃早饭时，我就看见门前柿子树旁边靠着一根长长的柳条。饭后，父亲把我叫去，不出所料我被父亲训斥并用柳条抽打了一顿。

被打时，我恨透了卢嫂这个"告话精"。直到后来在课文里学到《花瓶被打碎之后》，看到列宁要做个诚实的孩子，向姑妈认错，我才对卢嫂的告话有所悔恨，从内心里感到对卢嫂的愧疚，并认识到了自己的错误行为。自此以后，每每向生产队里缴送牛草、沤绿肥用的青杂草，甚至缴给学校勤工俭学所割的干晒青草，都不折不扣地去完成。

一转眼40年过去了，因贪玩割草少而弄虚作假、欺骗父母与卢嫂而挨了父亲一顿打的事，让我记忆犹新、对我教育深远。其实应该感谢卢嫂和父母，是他们给了我幼小的心灵教育，给我指出了错误，也给我今后的人生坐标确定了正确航向，乃至如今工作履职也不敢忘记童年割牛草那一档子往事。

2017年4月6日刊发于《宿迁日报》

摘草莓

走进农业观光园，我便想起了王维的"愿君多采撷，此物最相思"。我这里所说的采撷是现代观光农业中进园采摘新鲜水果，相思，便是对田园生活的一种眷恋或是对美好田园生活的回忆！

现在，每每想起自己快乐的童年，就会想到母亲在门前的小菜园里栽下的那片草莓，结出的草莓果实也是小得很。可我们姐弟三人都会学着母亲的样子，去给草莓浇水、施肥、松土、除草。天天盼望着，盼望着草莓能够快快地开花结果。

那时候的草莓不像现在的温室大棚种植，会生长得很快，草莓要生长到四五月才能结果尝鲜。我们姐弟每天上下学，都会经过那片小草莓，天天都瞅着那片草莓，高兴地看着它们开出那白色的花瓣，镶嵌上那蛋黄色的花蕊，简直美极了！也乐坏我们了！在姐弟们的盼望下，它蜕变成青涩的果实，慢慢变白、白里透红、红遍全身，娇艳欲滴，惹人嘴馋，惹人醉！

随着念书、工作，慢慢地淡忘了这一切。只记得农村一直种植一些产量不高、经济效益又不怎么好的传统农作物，如大豆、玉米、小麦等。外出，一提到泗洪，大家就说是苏北，好像苏北成了贫困的代名词一样。

现如今，泗洪社会文明程度在快速提升，人的思想在转变，传统种植业观念在更新，勤劳勇敢的人们也在向有限的土地要产出、向农业转型要效益。他们依托洪泽湖湿地旅游度假，着力打造多条主干道、农业旅游观光带。沿途草莓、葡萄、黄桃、碧根果、山核桃、西瓜、香瓜、稻藕、鱼虾、花卉等观光农业，星罗棋布，近百家。一年四季应有尽有，供游人玩乐休闲、欣赏采摘。

星期天，我利用闲暇时光在家翻看一些旧杂志，女儿却拉着我，嚷着要去采摘草莓。我很不情愿地对女儿说："菜场这么近，五六元一斤的草莓，买一点得了。"女儿的噘嘴，老婆的不高兴，让我只好跟随前往。

出来后才发现，与窝在家中相比还真是大不一样，外面是春光明媚，空气新鲜，麦苗嫩绿，大地一片生机盎然。一路观光欣赏，一路旅游，清新的柏油路两旁，春风拂面、杨柳依依，沟旁河水清清，映衬在蓝蓝的天空下，相映生辉，美不胜收，真可谓美哉！妙哉！

看，好多草莓大棚！女儿的惊叫，让我从陶醉中惊醒。

不知不觉已到曹庙金桥农业生态园，我原本以为就只有我们家前来采摘，没想到门口已停放了好多辆车。"爸爸快进去，咱们进去摘大的、挑好的！"女儿雀跃地高呼。女儿的呼声引来管理人员的关切嘱咐："小朋友不要急，带好盛具纸箱或篮子，里面虽然人很多，但又甜又大的草莓也多得是，请慢慢品尝，慢慢采摘。"

我们挑选了一个大棚，进去一看，哇！原来有二十多位男男女女穿着时尚，打扮讲究，挎着香包、手挽采摘小花篮，一边品尝一边采摘。"这个草莓好大，那个草莓真甜！"赞美声不绝于耳，没

有人顾忌棚外"采摘草莓9元一斤"的标志。

　　我顿时发现所有的人都变了！生产模式从传统种植，变成了农业旅游观光；经营理念也有所转变，不再斤斤计较，不在意谁多尝了几个草莓，因为这里的价格比市场贵；人们在不断地追逐着新的美好生活方式，从无到有、从有到多、从多到好……

　　我相信人们的生活会越变越甜，越变越幸福！这条道会越走越敞亮，越来越光明！

刊发于《精短小说》2021年1—2期合刊

抓　蟹

　　儿时最有趣的事情莫过于抓螃蟹。螃蟹是现在人们众所周知的湖鲜美味，可我们小的时候到处是螃蟹，可以说随便哪条小河小沟里都能抓到螃蟹，甚至是上雾天的大清早，在河岸边刚耕过的土地里都能捡到螃蟹。螃蟹的两个螯很厉害，抓蟹时一不小心，手指就会被蟹螯钳破。虽说抓蟹很简单，但也有讲究，小时候抓蟹便成了我们童年最大的乐趣。

　　上小学二年级时候，一个中秋的夜晚，比我大三岁的三哥在放晚学回家后，悄悄地把我喊出去，商量着今晚哥弟俩一起去抓螃蟹。我很惊诧地问："天那么黑，怎么能看得见呀？"三哥神秘地笑着说："这个你不用愁，我已经准备好啦！我把家里的马灯偷偷地拿了出来，并添满了煤油，晚上，你带上三条小板凳就行，抓螃蟹的事情你就看我的！你只管负责看好蟹篓，不让螃蟹爬出来就行。蟹篓是我用家中的鱼篓在口面上安装了个渔网改制成的，已被我网好啦，可自由收放，你拽紧网绳，不让螃蟹爬出来就行。"

　　父母看着我们哥弟俩鬼鬼祟祟在一起，并且窃窃私语，就知道肯定有事瞒着他们。母亲焦急地逼问着我们兄弟俩在商量什么事，

看着父亲的眼神，我只好如实告诉父母："三哥约我今晚去团结队小桥下抓螃蟹。"母亲有些迟疑，嫌天太黑，父亲则说："小孩抓螃蟹，也不是什么坏事情，去玩吧，晚上注意安全就行了。"

父亲的话刚落音，我就搬上小板凳和三哥飞快地来到了团结队小桥下，三哥用火柴很熟练地将马灯点亮。圆形的小桥孔，不到一米宽的水面，流淌的河水潺潺作响，刚没过脚面。三哥将一条小板凳放在水中并坐在上面，水边放上一个小板凳，板凳上放着雪亮的马灯。三哥的做法更加让我疑惑，我轻声地问三哥："这样坐着，难道螃蟹会自己送给咱们抓？"三哥告诉我："你负责看螃蟹，千万不要大声说话，更不能动弹，一有动静，螃蟹就不会顺着流水往下游爬过来，我们会很难抓到螃蟹。"

我听了三哥的话，一动不动地坐在那儿。一会儿，果不其然，一只好大的螃蟹，从上游向下游斜着身子爬过来。在清澈的河水中，它两只肥大的蟹螯清晰可见，上面长满了青苔一样的螯毛。三哥闪电般迅速抓起螃蟹放进蟹篓里，告诫我："将网绳拉紧，防止它逃走，它一旦逃出来，你就要像我这样，迅速将螃蟹的两只螯与螃蟹身体紧紧地抓紧，不让它有反击的机会。你一旦放手，蟹螯就会张开，死死地将你手指钳住，不但会很疼，甚至还可能被钳破流血。"

在我俩静静的等待中，一只一只好大的肥蟹从上游向下游小心翼翼地爬过来，让我们好兴奋、好惊喜！我轻声地告诉三哥："三哥，好像蟹篓已经满了！"三哥看了看蟹篓，望了望星空说："已经不少了！我们回家吧，不然三叔三婶又该惦记着我们了。"

第二天早上，我和三哥趁着上学之前，把一篓螃蟹抬到老闸塘街河滩下面，5分钱一斤卖给了一个收蟹的小贩，一共卖了1元零5分钱。我和三哥攥着1元5分钱，在人群中来回窜了两趟，每趟都眼馋地瞅着大妈面前的馓子摊。三哥和我商量着：馓子 2 毛钱一把，7 毛钱可买一斤，咱们买一斤，一人分两把馓子，剩下的钱打煤油，留着晚上再去抓蟹。我们跟弟弟、妹妹一起分享着自己抓蟹卖钱买来的馓子，馓子是那么的香甜酥脆，又那么的可口！

晚上，我和三哥如约而至，没过多大一会儿，我就打起了瞌睡，一不留神就磕到水里去了。三哥急忙将我拽起，问我："怎么啦？""三哥，我太困了！""赶紧回家，防止着凉。"说着三哥就收拾工具和我一起回家。父母怕耽误我们学习，从此，再也不允许我们夜晚去抓螃蟹了。

我清楚地记得，每逢麦收之前，老家屋后的太皇河里、家西的西沙河里都会干旱。没过膝盖、不超过大腿深的河水里，总能摸到好多螃蟹、小鱼小虾、田螺与河蚌。在这个季节，我们每每会趁星期天到小河里去抓蟹、捉鱼摸虾。

那时候家里很穷，虽说油盐不足，母亲也会精心煎炸，花上一角、两角钱打上一瓶酱油醋，从花椒树上采回一把花椒叶，再摘上一点茴香叶，放上红辣椒，添上清水蒸煮，给我们几个解馋。热腾腾的鲜红的虾蟹，可算是我们童年的美味佳肴啦！

时光穿梭，光阴荏苒，一转眼近 40 年过去了，人们在改革开放中过上了富足繁华的城市生活，却也不忘追逐大自然的至臻至美，时而会带着孩子去采摘，去领略田园风光，去体验幸福而又快乐的童年生活。

回想起童年一群群小伙伴，在家乡的小河小沟里摸鱼、抓虾、逮螃蟹，不仅能解馋和改善生活，还给我们儿时留下了很多无限的乐趣，使人流连、让人忘返。

刊发于《分金文学》2017年秋季号

雪暖小城

去年首场大雪纷纷扬扬下了近一天一夜，堆雪人、打雪仗，那是孩子们的童年乐趣，可这场大雪却给人们出行、生产生活带来诸多不便。

一大早上，不知是何时，山河路、人民路、建设路、长江路……遍布泗洪这座苏北小城的各个路段，像有神兵从天而降，一时间，都齐刷刷地飞舞着扫把、铁锹。他们迎着凛冽的寒风，冒着漫天飞舞的雪花，你追我赶，奋力清理着路面上的厚厚的积雪，他们齐心协力将一堆堆冰雪推向路边，却没有感觉到一丝寒意。顿时，这座小城让人感觉温暖可亲！

这些人到底是谁？是道路养护工？不、不是，他们没有养护工的明显标志！走近他们，才知是全县党员干部在为行路人方便做贡献。无论是老人，还是年轻的姑娘，或是壮小伙，都飞舞着手中的铁锹和扫把，清理着城区各个主干道路段上的厚厚积雪。

铁锹与路面冰雪咔嚓咔嚓的撞击声，扫把与积雪和路面接触发出的沙沙声，雪花从他们通红的面颊和额前结冰的发梢上划过发出的嚓嚓声，脚下用力向后蹬发出的咔嗤咔嗤声，"一二三！"大家一起用力向前推的叫号声，和成了一首动听而又美妙的音乐，温暖着整座小城。

纷纷扬扬的雪花飘落在他们的额头上、发丝上、外衣上、雨披上，再配上他们口中冒出的那干劲十足的白色的热暖气流，形成了一幅引人注目的完美画卷。

铲雪中，他们一起用力，推动打滑不前的车辆驶出难关、拉起摔倒的孩子、扶起一辆辆滑倒的电动车，引得过往行人啧啧赞叹。最亮丽的要属展现在被引来的电视媒体面前的场景。当记者镜头对准一位年轻姑娘时，她一只手遮向镜头，另一只手拄着铁锹挡住自己的面部，说："请你不要拍我，我们只是想让大家出行方便而已。"

一句普通而又实在的话语，却道出了心中的为民心声和那为民情怀！这些扫雪人，除了午间吃饭，从早到晚都在路上铲雪、推雪。有的磨破了手套，有的铲折了铁锹手柄。这是夸张吗？不、不，这绝不是夸张！

雪花从他们鞋口吹进，融化成水，湿透鞋袜，一天从未停歇。他们却始终保持着高昂的干劲，一锹一锹将路面积雪铲完，直到擦黑才回家。夜间手脚回暖过来却发烫发痒，但谁也没有叫苦叫累。

人心齐，泰山移，众人拾柴火焰高！他们坚定了信心，心往一处想，劲往一处使，让这座小城变得像春天般暖意浓浓。而这，也让雪灾毫无颜面，只好羞涩而又灰溜溜地溜走。

2019年2月27日刊发于《宿迁日报》

外公爱编小白篮

想起外公，我便想起了小白篮子，编织小白篮子可以说是外公最拿手的绝活了。

20世纪80年代初，农村的大姑娘小媳妇上街赶集时，肩膀上总爱挎着一个柳编的精美而又别致的小白篮子。白篮子在花褂与那对黝黑的辫子和那双带襻黑灯草绒大口鞋一起一落的映衬下，显得格外耀眼和妩媚。

外公外婆住在徐洪河堆上，宽阔的河面，辽阔的河堤，蜿蜒伸向远方。虽说不是神仙佳境，可也能算得上是好去处。清晨，茂密的树林里空气新鲜，鸟儿齐鸣，尤其是林荫下黄花正旺的蒲公英、爬满了栅栏的天蓝色的牵牛花，与一些不知名的小草，迎着微风抖动着身上晶莹剔透的露珠，争奇斗艳。

每年我都会到外公外婆家过上一个暑假。柳絮纷飞过后，飘落在大地上的柳絮，会在来年春天在河边生根发芽，长出嫩嫩的柳条儿，柳条儿生长到三伏天过后，那可就是外公的最爱了！那时也正是外公大显身手的好时机——割柳条，编篮子。

最让我喜欢的是外公编织的各种花式的小白篮子。清楚记得是一个初秋的星期天，我和母亲去外公外婆家，外公编织了一个小白篮子，我特喜欢，就让母亲跟外公说，把小白篮子送给我，我留着回家摘棉花。白白的棉花搭配上这个白白的小篮子——那才叫一个白，一个美呢！

就在我憧憬自己的小白篮子时，舅舅家的两个表弟也赶来了，一眼就看上了那个小白篮子，都扑到外公的肩膀上，嚷着要外公正在编织的那个小白篮子。这下可把我急坏了，我一把将他们拽开，双手掐腰狠狠地告诫他们俩："外公说过这个小白篮子是送给我的，你们俩谁都甭想要，想要篮子先问问我答不答应！"就在我说话的不经意间，两个表弟一拥而上，一个紧紧抱住我的双腿，一个搂住了我的腰，将我按倒在地。

恰巧一个砂礓垫着了我的腰，疼得我直叫，眼泪在眼圈里打转转。两个表弟还幸灾乐祸喊着："这下，篮子该归我们了吧！"我很气愤："这个不能算数，要重来。"大舅和母亲赶紧过来劝架，母亲和大舅都从口袋里掏出了5毛钱，给我们兄弟三人，让我们不要相互争吵。最终是外公发了话："你们三个都不要争，到晚上，我每人送你们一个。"外公一句话就让我们兄弟三人停止了纷争。

上小学五年级的一个夏天，外公教我和表弟编篮子，我吵着要外公教我们编小白篮子，外公很爽快地答应了我们，带着我们到河边去割柳条。我们学着外公的样子，拿着镰刀到河边去割柳条。外公着手去做编篮子的准备工作的时候，我和表弟一人拿着一根柳条，用指甲一点一点地往下剥皮，柳皮把我们的指甲眼都给塞得胀胀的，疼疼的！外公见我俩给柳条去皮的样子笑着说："学生学生样样不中，一不会种田、二不会做工，脑袋念书都很聪明，怎么就不会想想办法？"我和表弟你望望我，我望望你，都感觉无招。

外公找来一根镰刀柄粗的一根柳棍，截了 40 多厘米长，用砍刀在一头砍上三角尖，夯到地面上，形成一个 20～30 厘米的地桩，然后将地桩顶部用砍刀劈开，使得地桩形成个大裂口，把柳条大头送进裂口，柳条与地桩形成个十字架姿势。外公一手攥紧地桩裂口顶部，一手牵着柳条大头，用力一拉，洁白的柳条就裸露出来。一些没拉干净的地方，用手轻轻一撕，洁白的柳条与青青柳皮也就自然地分了"家"。

编篮子时，外公在地上挖了一个浅浅的小窝窝，便于编织篮底子，编出来的篮子底往上鼓翘着，很是美观。编织篮底子时，要选韧度较好、长短均匀的柳条作为筋条，一般每组 6 根，小头交叉，共分 4 组，在浅浅的地槽里摆放成"米"字形，再用两根或三根柳条并排围绕"米"字形小圆心转着编织起来，达到自己想要的篮底子大小时，再用两根柳条交叉将 24 根筋条各自分开，并用绳子兜起形成"U"形圆柱体。在编织篮子周围的时候，可就有讲究了，可以编成麻花状的"8"字形，也可编成渔网状的"鱼鳞"形。

篮子收口插提把子尤为讲究，既讲究美观，又讲究力的构造。先在篮口两边并排插上两根拱形横梁筋条，然后再插四根主筋条，主筋条分布在篮口两边各两根，左右各一根，都是挽成牛鼻形状，按照"8"形，从篮子口的一边绕到另一边，形成了麻花状，既美观又漂亮。

我跟着外公学了一次、两次……编出来的篮子总是歪歪扭扭的。外公鼓励我："不要气馁，熟能生巧，将来也能编上一大堆好看的篮子，挑到集市去卖，或送给亲戚朋友！"在一旁缝补衣服的外婆，从眼镜框上面，用眼睛的余光瞅瞅外公说："你肚里那几根花花肠子，不说我还不清楚呀！"被外婆这一说，既懵懂又好奇的我再三追问外公："外婆说的话是啥意思？"外公不好意思地告诉我："我也不知道呀，要问就问你外婆好啦。"外婆接过话茬儿："哟！看看，看看，敢做还不敢说嘞，还不好意思呢！""都20多年过去了，不就一个小篮子吗？还记着呢！"外公将草帽檐向上掀了掀，看着外婆笑着说。

"你外公小白篮子编得那叫一个漂亮呀！不仅送给亲戚，还送给过堆下东庄年轻的刘寡妇呢！"外婆瞟了外公一眼对我说，"那一年夏天，我大清早挎着你外公编的小白篮子，到园地里去割韭菜、摘辣椒，碰巧刘寡妇也拎着个小白篮子去地里摘菜，我一眼就认出了那个小白篮子，太眼熟了，和我们家的小白篮子一模一样！晚上，在我的再三追问下，你外公才如实交代，是他在放猪的时候，利用空闲时间编的，送给了刘寡妇。"外婆这一说还有着当年的醋意。

"刘寡妇带着三个孩子过日子，真的很不容易！在靠'工分'吃饭的年代里，大家都很苦，尤其是刘寡妇家没有主要劳动力，日子过得就更苦了，大家都在帮助她。咱们家人口多，家里也很穷，自己编的篮子又不花钱，只是费点工夫，她家没人编，送给她，也算是帮助她。"外公说着，又仿佛回到了他历尽沧桑的那段岁月里。

2017年刊发于《淇水文苑》6月刊

铡　刀

"寸草三刀，不喂料也添膘。"这是早些年农村人常常挂在嘴边的一句话。铡刀是把饲养牲畜的草料切碎的传统农具，随着农业机械化的实现，农户饲养牲畜的越来越少，铡刀也逐渐远离了人们的视野。

上个周末回到老家归仁镇，正赶上夜间下了一场大雨，第二天早上天刚亮，我就推着车子到自家巷口小棚屋里搬化肥，准备给地里的玉米施肥，却一眼就看见了山墙角落里的那口封存已久生锈了的老铡刀，这不能不使我回想起以前铡草喂牛的那档子农事了。

我和爱人认识是在她家，我们是经过她庄子上一位媒人介绍后去她家相亲的。见面之后，媒人对双方做了简单介绍就回去了。我和她家的人都不熟悉，当时没有话说，也不知道说啥好，很是尴尬。她爸见状说了句："走，帮我铡草去。"

我跟随她爸来到前屋外的铡草坪上。草坪上堆放着两堆草，一堆是干麦草，一堆是刚从田地割回的青草。我毫不犹豫地掀起了铡，拉起了铡草的架势。她爸蹲下，用腿夹住一簇干麦草，用手撮着麦草往铡下续草。我用力地往下按铡刀，连蹦带跳地按了好几下，才算把草铡断。我瞟了一眼身子靠在墙上怀里抱着毛线打毛衣的她，好像没注意到我铡不动干草这尴尬的一幕，心里才有点平静。

"在家铡过草没有？家里可喂过牛？"她爸问我。我赶忙回答，以前家中喂过牛，也铡过草，不过是青草，没铡过干草。想想那时候刚从学校毕业，浑身真是没有一点劲儿，挑两桶水都压得头缩着，腰弓着，哪还能谈得上有铡草的技巧？她爸对我说，铡草要气运丹田，两手攥住铡柄，膀子挺直，一鼓作气用力往下按，才能快速把草铡好。

她爸看我明显是个生手，第二次将麦草少少地往铡刀下续。但是，不一会儿，铡刀就被草塞住了。我用力地从铡刀缝隙里往外拽草。她爸忙指点，不能这样拽草，一定要顺着站的方向，向自己的方向拽草，否则方向拽反了，用力过猛，手会撞向铡刀口，会把手割破。要是割断了血筋，一定会把手弄残的。

就在拽草的时候，我往后退了一步，就听脚底下"唧喳"一声，一只不大的雏鸡本来正在干麦草里找麦粒吃，结果就这样被我一脚踩死了。她爸见状嘴里连连叨念："可惜，可惜，好容易长了这么大。"

她妈听到外面的动静，连忙从厨房里跑出来，一看是我踩死了一只鸡，忙笑着说："我还以为是什么事呢，把我吓了一大跳。没事，没事，该死的小鸡，厚脸皮，就知道吃，也不躲着人。"我火辣辣的脸和怦怦直跳的心在她妈的开脱下才逐渐平静下来。

铡草之间，她爸问我，正月里喜欢看戏吗？我"嗯"了一声，说很喜欢看戏。她爸接着说："你们村的《祝英台与梁山伯》、我们村的《铡美案》这两出戏都很好看，我很喜欢看。我们家的晓琴

人很好，就是太实在。去年考上技校，因为我们家里没人干农活，她们姊妹几个年纪还小，都在读小学和初中，没人伺候那几头猪和这头牛，就没让晓琴去上，回家帮助我们干农活，她心里很委屈。你们结过婚以后，不管怎样，你都要好好待她，不能学陈世美。虽说现在社会没有包公铡美案，但若犯了王法，可天理不容呀！"

我又"嗯"了一声，抬起了头，回想起父母的婚姻不幸。我郑重地说道："爸！您老放心，我一定好好待她，如果是因为我不好好待她犯下大错，您老把我像往铡刀里续草一样，送去法办。"打毛衣的晓琴听到了我的话，红着脸抱着毛衣跑回了自己的房里。

看着那口老铡，心中有很多回忆。自己清楚地记得，那是1993年一个收麦子的季节，也正是儿子出生的那一年，一家人都在麦场上忙着铡麦子。那时候收麦子是一家人用镰刀一刀一刀割的，然后再把麦子捆成一捆一捆，用板车运回家。路途遥远和途中有烂泥地的时候，我们会用家中那头老牛拉车，我驾着板车，岳父赶牛。等麦子运到麦场，我们就搬来桌子和板凳开始铡麦子。为了便于麦子脱粒，要把麦穗头铡下来，我负责按铡刀。经过锻炼，我很快就掌握了按铡刀的技术并且已很熟练，一捆麦子往铡刀里一送，我用劲一按铡柄，就听"刺啦"一声，麦穗头哗哗落地。当时只有11岁的三妹竖起大拇指说："我大姐夫铡麦好厉害呀，是我们家铡麦子的'铡长'。"

记得1995年夏天，我和岳父铡好了牛草，等着三妹放牛归来。天上下着蒙蒙细雨，可她放牛很晚才归来。我们一家人都围着桌子吃晚饭，看她满脸生气地走进门，岳父赶紧问她："怎么这么晚才回来，牛呢？""拴在牛栏上。都怪你买的这头'好牛'，越是下雨，我越是急着回家，它越不肯走，拽得我一身都是烂泥，我好不容易才给它拽到家。"三妹气呼呼地向岳父撒气。

晚饭过后，我打着手电筒到外面牛栏上看牛。牛拴在树干上伸长了脖子，我赶紧回来对岳父说，牛为什么一动不动了。岳父带着我儿子跟着我赶紧出去看，一看，岳父就生气了："这个小三子，她回来时把这牛绳给拴短了，牛站在这高的宅子上，晚上蚊虫叮咬它，它乱踢乱跳，跳翻过这牛栏，牛栏那边地势较洼，形成了牛上吊的姿势——那头牛被吊死了！铡好的草料，那头牛没享受一口。"

尚不懂事的儿子听到后，急忙跑回家告诉大家："三姨把牛绳拴短了，我们家的牛上吊……吊……吊……吊死啦！"三妹被岳母她们埋怨得直哭，气呼呼地说："以后再买牛，谁爱放谁放，我高低是不去放牛了！"

自从那头牛死后，那口老铡刀就被岳父收了起来，平时几乎看不到它。随着家里添置了拖拉机、旋耕机，家中再也没有铡草喂牛这档农活了。如今再看看这口老铡刀，真感觉往事如烟……

2016年8月8日刊发于《宿迁晚报》

煤油灯

以往的家用煤油灯都是自制的，很少有人去买。煤油灯离我们的生活渐渐远去了，即使出生在农村的"90后""00后"，他们也几乎没有用过煤油灯。煤油灯曾经照亮过千家万户，照亮过多少人的心田。

在艰苦的年代里，煤油灯给人们夜里加班做事带来过很多方便，它在过去是家庭中必不可少的照明工具。它在人们印象中的确算是个老物件了。

我八岁那一年，父亲自制了一盏小煤油灯。他用老剪刀剪了一块大约10厘米长、3厘米宽的薄铁皮，围在一根细钢筋上，卷成一个圆柱形细灯芯。然后再剪一块圆铁皮，在圆铁皮中间钻上一个洞，将灯芯安装在圆铁皮中间的小孔里。用铁锤轻轻地敲打，把装好灯芯圆孔四周翘起的小边茬敲平，再将灯芯牢固地安装在圆孔中。然后找来一个小口玻璃瓶，用棉花拧成绳子穿在灯芯里做燃芯，再加上煤油，夜晚就可以点燃它照亮黑暗，方便做事了。

那是一个冬天的夜晚，母亲为我补棉裤，她将我白天和小伙伴们玩耍时不小心撕破的棉裤拿在手上，坐到温暖的被窝里，让我端着煤油灯给她照明，为我补棉裤。我本来就已经感冒了，鼻孔里不停地发出"哧哐哧哐"的喘气声，一下子把煤油灯给吹灭了。母亲找来了火柴（那时候叫洋火），将灯点燃。

　　还没缝两针，煤油灯又被我给吹灭了，母亲只好又将煤油灯重新点燃。可没过多久，正燃着的煤油灯又被我给吹灭了，母亲气得在我头上打了一巴掌，把我吓得手一松，煤油灯从手里掉到了被窝里。还好，煤油灯自己熄灭了，只是煤油洒了一被窝。母亲气得直骂我："没用的东西，明天被子由你来洗！"不仅是心疼我被打疼了，母亲更心疼那一灯洒了的煤油。

　　那时候，大家都很穷，我清楚地记得，煤油（那时候叫洋油）是三角六分钱一斤，谁家能去大队代销点里打上一斤煤油就很了不起了。一般人家每次只打一角八分钱的半斤煤油。

　　第二年的秋天，我上小学二年级，学校里让每位同学都带煤油灯上晚自习。要求有条件的同学每人带一盏煤油灯，没条件的两个人共同带一盏煤油灯。我的同桌小军带了一盏煤油灯，我每天借着他的灯光看书写字。有一天，小军让我带一灯煤油去学校，我们两人共同用。我不是不想带煤油，而是根本找不到，家中每次向煤油灯里添油，我们都看不见。灯里每次都只添很少一点煤油，添完煤油后父母会很神秘地将煤油收藏起来，我们根本就找不着。

　　就这样，我和同桌小军发生了矛盾，他用一张白纸卷起来罩在灯上，并且把纸灯罩朝我的这一面用墨汁涂黑，让我根本没办法写字和读书，急得我直哭。当时老师也没调解好我们俩的矛盾。

　　当晚，晚自习放学回家的路上，小军不和我同路了，独自拿着煤油灯回家了。当时刚下过一场大雨，我在黑暗中独自踏着泥泞小路回家，一不小心摔进了一个泥水沟里，摔得我浑身都是泥，书包

和书上都沾满了泥水。回家后，父母见状就询问是怎么回事，我气得直哭，向父母撒气："都是你们把煤油当作命根子，害得我在学校里没法晚自习，回家时还摔了一身泥。"

第二天，我们班的老师在去学校的路上碰见了我父母，向他们说了我在学校和同学发生矛盾的事情。父亲中午干农活结束，回家后就找来了一块四方小木片，把一个大玻璃瓶的底端用棉线绕了好几圈，放在火上烧了一会儿，见棉线绳子快要燃着了，突然将玻璃瓶底部放进准备好的一盆凉水里。

很神奇，玻璃瓶底子完整地掉了下来。父亲用我的铅笔沿着玻璃瓶在木片上画了一个圆，然后用小刀沿着木片上的圆取了一个细小的凹槽沟，将没底的玻璃瓶罩上去。又在小木片四角各穿了一个小洞，用两根长度一样的细铁丝，弯成两个倒"U"形，穿在木片四个角的小孔里，形成了一个能拎的把手。在玻璃瓶罩里放上一盏小煤油灯，夜晚拎着它走黑路，照着亮真是特方便。从此，那盏煤油灯便成了我晚自习和放学回家的好伙伴。

深秋的夜晚，父母常常在那盏可以挡风的煤油灯下做家务。每每到了晚饭后，父母总是带着我和妹妹把煤油灯挂在屋里墙上或门前那棵大树干上，开始摘棉花、摘花生或剥玉米棒子。那个年代的煤油灯给人们带来了很多方便。

那时候是计划经济年代，煤油供应是紧缺的，有时候是凭票供应，数量也很少。一旦买不到煤油，只好用柴油来代替了。那时候柴油的标号很低，灯头点着后，火头上总是冒出黑烟，晚上用的时间长了，鼻孔里都被熏得黢黑。最讨厌的是到了冬季，气温低了柴油就会凝固，灯里的柴油需要焐很长时间才能融化，要不然，是不可能点着的。

　　直到后来，庄子上很多人家晚上做事，便用起了烧煤油的"马灯"或者"罩灯"。就连我 1992 年结婚的时候，岳母还单独从集市上买来两盏床头"罩灯"作为妻子的陪嫁。结婚时，母亲一再嘱咐我俩：结婚当天晚上一定要将罩灯煤油添满，点燃到天明，不能将灯熄灭，这叫"长明灯"，谐音也叫"长命灯"，预示着你们的婚姻和和美美、长命百岁。

　　20 世纪 80 年代中期，农村实施了通电工程，庄子上极个别家庭条件好的人家才能用上电灯。直到后来，家家户户才逐渐都通了电，用上了电灯，看上了电视。

　　如今的城镇和农村人口集中区，每到夜幕降临的时候，一排排闪亮的路灯齐刷刷地打开，方便了很多夜行人，到处是灯火辉煌。人们在广场霓虹灯光的闪烁下，伴随着音乐舞曲，翩翩起舞。回想起我们小时候使用自制煤油灯的一幕幕，转眼过去了 30 多年了，自己还总是觉得就是昨天刚刚发生过的事情。

2016年刊发于《分金文学》秋季号

手压井

　　九岁那一年，我们庄上只有四叔家打了一眼井，那时候有人叫它"洋井"，其实就是个手压井。四叔家打井的时候，庄上几户人家的大人们几乎都去帮忙。

　　四叔从砖瓦厂里借回来一根根长长的打井专用铁钢管和钻头，又买回了一根长竹竿，用细铁棍将竹节一个个捅穿。大人们在地上挖了个很深的坑，从池塘里挑来水，将坑灌满，等水完全渗到地底下以后，大人们把短小的木杠绑到打井铁杆上，用顶尖的一头插在深坑的烂泥里，齐声叫着号子："用点力呀！使劲夯！"就听"扑呲、扑呲"一声声往下夯着，四周飞溅起黄泥浆，大人们全身上下被溅起黄泥浆水点包裹着，大家你看看我，我看看你，都觉得很好笑，大家都像变了个人似的。

　　大家直着嗓子高喊，一起用力，打井杆在力的作用下一上一下，一点一点地往地底下钻去。大人们还不时向坑里加水，到了最后，几节打井杆就只露一点梢儿在外面了。四叔说深度够了，大伙都停住了手。四叔将长竹竿的大头削尖，把削尖的一头用玉米棒瓤塞了起来，然后在削尖的一头上方左右各开两个小洞，大伙儿一起将竹竿插进打井杆拔出来的洞眼里。四叔将从泗洪县城买来的手压井头拿出来，剪一段旧自行车内胎，将井头底座与竹竿梢儿一头分别对齐套紧。用大板凳做支架，将井头绑在板凳上，再用一根两尺长的木棍做手压井的把柄，然后不断往井头里灌水，大家轮流着压井。渐渐地，从井中流出了一点泥浆水。到了傍晚，井中能压出大半桶泥水来，却也能感觉到水的凉爽。到了第二天，就能压出浑水来，澄清一会儿就可以烧饭吃。后来，井水清澈甘甜，源源不断，从此结束了一大家子到太皇河里、邻边的靳庄砖井里抬水吃的历史。

上小学二年级的时候，我和四叔家的弟弟二山子到太皇河边的芦苇地里去割草，芦苇地里挎着篮了割草很不方便。我们将篮子放芦苇地边上，人先进去割草，然后再回来一把一把收草。在芦苇地里割了很长时间草，感觉已经是傍晚了，赶紧收草回家。每收到一把草，二山子就抢着先用手试一下，说合适他的手把，是他割的草。看看他的篮子已经装得满满的了，可我才半篮子草，我气得去抓他篮子里的草。二山子火了，和我吵打了起来。"以后不许你到我家井里打水。"二山子边哭边嘟囔着。

也在岸边割草的雪荣姐姐听到吵架打架的声音，赶忙过来拉架劝架，问我们俩因为什么事吵架打架的。我们告诉她割草收草的事情的经过。雪荣姐姐见我只有半篮草，就说二山子："是你不对！你们都是一把一把地割草放在后面，怎么都是你的呢？"二山子哭骂着："以后也不许你到我家井里去抬水。"回家时，母亲也没在意我割多少草，就让我赶快到四叔家井里去打水。我拎着水桶嘟着脸往四叔家挪去。二山子见我去打水，咣当将门关上："不要来我家打水！"我只好哭丧着脸将空桶拎回家。

　　母亲见我没打着水，问我怎么啦。我撒了个谎说："四叔家没人。"母亲说："不对呀！我刚见你四婶回来。"母亲又拎着水桶去四叔家，见门里面是闩着的，母亲就喊："他四婶在家吗？"四婶回应在家呀，母亲说："我来你家打水的。"四婶把门打开，母亲在打水，我拿着扁担跟着去抬水。二山子见我去抬水，撵我滚回家，还说："谁叫你来我们家抬水的？"四婶打了二山子一巴掌："这孩子今天怎么啦？真不懂事！"二山子哭着说："以后就不让他来我们家抬水，不让、不让，就不让，也不让雪荣来我们家抬水。"

　　母亲问我怎么回事，我只好将割草的事如实告诉了母亲和四婶。四婶说："没事，二山子不让你来我们家抬水，我允许你来我们家抬水。"雪荣姐为了给我们俩劝架，去抬水时，也和我一样吃了个闭门羹。后来，每次去抬水我都伸着头，瞅瞅二山子在家没有。直到有一天，两个山东人骑着自行车、驮着打井工具到我们庄子上来，喊打井。我拼命地嚷着父母要打井，打井要60元钱，父亲不同意打井，还说：隔壁他四叔家就有井，花那钱干什么？

　　母亲和父亲赌了气："以后家里打水，都你去打，我们娘俩不去打水。打井又不是什么坏事情，每个星期天，人家四婶和孩子都回娘家去了，门锁上，我和孩子还是得到河里去抬水吃。你不抬水，当然你不知道难处啦！孩子对孩子在一起打架吵架，二山子就不让孩子去他家抬水，你没有受过低头的滋味，你当然不清楚啦！"父亲却冒了一句："家中没钱，只有40元钱。""没钱我去借。"母亲说着，就去雪荣姐家，向大叔、大娘借了20元钱凑上，打了一眼手压井。看到井水流出的时候，我长长地舒了一口气。

　　清楚地记得那是一个放寒假的冬天，大雪下得很厚。一大清早，本庄的玲玲姐到我家井里打水，母亲给她端了一瓢热水做手压井的引水，她费了好大劲也没有将井水引上来，很是着急，就"嘎叽、嘎叽"快速而又生气地压着手压井。

　　我哥在被窝里被快速的嘎叽嘎叽声给吵急了，起来从屋里又端来一瓢热水，将被冻的手压井烫开，解了冻，顺利地把井水引上来，交给了玲玲姐。玲玲姐很快地打满了两桶水。看着玲玲姐那纤细瘦弱的肩上担着两桶水，摇摇晃晃，刚走两步，水桶就从扁担头滑落下来，"咣当"一声，水泼了一地，并溅湿了玲玲姐脚上那双带襻的黑灯草绒大口鞋。母亲连忙进屋将自己的一双布棉鞋拿出来，让玲玲姐换上焐焐脚，玲玲姐坚持不换，母亲说："这孩子，天这么冷，鞋又湿透了，脚冻坏了可不得了，赶紧换上！"在母亲的劝说下，玲玲姐换上了母亲的棉鞋，母亲又连忙喊我哥出来，让我哥帮玲玲姐把水挑送回家。

　　那时，我们很小，根本就不知什么是恋爱。虽然我哥和玲玲姐同在一起读初中，但是给我们的印象是，他们往来根本不多，玲玲姐也很少到我家串门。自那次我哥给玲玲姐送水回家，玲玲姐又将母亲的棉鞋送回来之后，玲玲姐就经常到我家串门了。与我哥讨论学习上的事，和母亲聊生活中、学校里发生的各种新鲜事。后来，我哥和玲玲姐恋爱了，并结了婚。

　　老家门前那眼手压井父母一直保留着，他们二老用上自来水后，也舍不得拆掉那眼手压井，每当停电停水时，父母还是用那眼手压井打水来救急。也许是哥嫂因这眼老式手压井相爱结婚的缘故，父母舍不得将它拆掉。家中那眼手压井，直到父母去世后，弟弟翻盖新房时才被拆掉。

20 世纪 80 年代末 90 年代初，在苏北的农村，庄子上每户人家几乎都打了手压井。前些天回老家一趟，家家用的都是一拧水龙头就哗哗地流出来的自来水，可四叔家自来水旁边的那眼老式手压井还在。一转眼 40 多年过去了，看着这眼手压井，又让我回想起童年抬水吃和哥嫂因手压井而相恋结为百年好合的那段往事。

2016 刊发于《分金文学》冬季号

当年测产那些事儿

人生的旅途如同一道美丽的风景，而测产伴随着我走过了十三载青春年华。

回想起测产的岁月，我辗转走过二十多个村庄的近百块田地。麦浪翻滚的田野里、稻谷芳香的田埂上都留下了我的脚印，也给我留下了很多难忘的记忆。

我清楚记得那是一个初夏，也是我刚走上统计岗位的第一年，我担任镇里农村统计调查测产员。早晨刚上班，统计助理老赵就喊我带上丈量皮尺、笔记本、样本标签、测框等工具，一起出发。我们戴着草帽，骑着自行车，车把上系一条白毛巾，顺着弯弯曲曲的乡间小路，找到正在家整畦准备落谷种小秧的村助理会计老叶。老赵向老叶说明来意后，老叶便翻出了生产小组里每家每户承包土地的原始账册，和我们一起到他所在的单圩村六组东湖洼地一节地、二节地……六节地，丈量每家每户小麦实种面积。

老叶负责指认每家每户田块，我和老赵来丈量，老赵负责放样插记号，我负责数据记录和草图绘制工作。田埂上，我一边走一边记录着数据，突然感觉脚下软软的，低头一看，我踩到了一条盘在

田埂上的花斑红蛇!

我"啊"地大叫起来,老叶和老赵被我的惊叫声吓得连声问:"怎么啦怎么啦?"当时,我被吓得说不出话来。他俩见状立即向我靠拢,发现蛇正在悄悄溜走,连忙询问我有没有被咬到。老叶说,那是一条无毒的田间益蛇,专吃田鼠和害虫。这是我第一次见到蛇,着实将我吓得不轻。自那以后,每次测产进入田间时,我都会穿上一双长长的高筒靴子。

2001年一个麦收的季节,我把小麦测产的样本收割回来,放在家中的院子里晾晒。妻子到院外井里打水做饭,忘记了关闭院门,家里的两只羊直接蹿到院子里将我测产的样本吃了两个。晚上回家我收拾晾晒的样本时,发现少了一些,后来岳母告诉我,那些被羊吃了……测产样本被羊吃了让我坐立不安,我推上自行车,准备去向领导汇报此事。

"天都这么晚了你去哪里呀?"妻子问我。

"样本被羊吃了,产量测不准可怎么得了!我还是先去向领导汇报一下。"我着急地说。

"你也真是,没有看管好样本已经是错,要尽快想办法补救才是。"妻子一边拦着一边劝解说,"不如明天早点去测产点,看看样本田块的麦子被收了没有,如果没收就在样本旁边再收割两个样本回来。"我觉得也只好如此了。

自那次教训之后,我专门做了个网箱,将测产小麦、玉米、山芋等谷物送到平房顶上晾晒。

还有一年秋天,整天阴雨连绵,给玉米测产和收获带来了很多麻烦。好在测产样本是提前收获的,虽说样本没有晾干,但不至于霉烂。可很多农户将玉米收放在家里,没有足够的地方和较好的晴天晾晒，玉米都发生了变质霉烂，他们对我说："今年玉米产量与你测产样本可是没法比，今年玉米是收在家里没法晾晒，导致减产，你得向上级部门汇报我们这里的实情呀！"没过几天，省统计局的几位领导在市县统计局的陪同下，真的到我们镇里的测产点上察看灾情，走访了很多受灾种植户，还查看了一块块受灾的田地。

　　一转眼快二十年过去了，农村种植业也发生了翻天覆地的变化。土地集中流转，测产不仅仅只是针对粮食作物了，人们也逐渐开始追求土地高产出和经济效益最大化，很多作物种植已经转向规模化种植。有机械化操作、日光钢架大棚、自由滴管、人工降雨、粮食烘干、购销储备等现代化技术手段，再也不用担心粮食霉变和农民损失了。

　　　　　　　　　　　　　2019年8月9日刊发于《中国信息报》

西沙河流淌着幸福快乐

　　美丽的西沙河流经宿城、睢宁、泗洪三个县区近百里，犹如一条巨龙蜿蜒伸向远方，交汇于孟河头，流进徐洪河，流进了静静的洪泽湖，滋养着湖鲜水族，也养育着两岸勤劳勇敢的人们。

　　西沙河在我们那里被称作闸塘河，我所说的西沙河便指的是这里了。西沙河支流繁多，这里的西沙河有窑河、太皇河等支流汇聚。两岸绿荫葱葱，河水清澈见底，深绿色的水草在清清流水中左右摇摆、上下抖动，仿佛在高兴地迎接着洪泽湖远方水族贵客们的到来。不经意间也会有黑鱼或那细长的白条刁子鱼像箭一般向上游蹿去，迅速地躲进茂密的水草丛中。戏水、捉鱼、抓蟹便是我们童年最大的快乐。

　　每逢干旱季节，河水只有膝盖深的时候，我们几个小伙伴放学一放下书包就会径直奔向河里，用水草做起围栏围坝，从四周由外向内逐渐挤压水草筑成围栏围坝。我们那里将这种捕鱼的做法称作"卷渔"。"卷渔"的包围圈在大家的共同努力下逐渐缩小，无处可逃的小鱼小虾在围坝中急切地乱窜乱跳。满脸斑驳的污泥、脊背被晒得黝黑的我们在水中蹲摸着各种鱼虾，嘴里还叼着一根细细的

散　文

芦苇串起的小鱼串，这便是我们童年时"卷渔"丰收最大的喜悦
了。

　　春夏之际，每逢河水高涨，河滩连着水面那片硕大的芦苇荡便
是鸟的天堂，那也是我们孩提时快乐的天堂。芦苇丛中"喳喳喳、
叽叽叽"的鸟鸣或惊飞的鹭鸟，总能勾引起我们捕鸟、掏鸟蛋的欲
望。听到鸟叫或看到鸟儿惊飞，我们会迅速放下镰刀和篮子，挽起
裤脚，轻手轻脚地拨开芦苇，探着脑袋寻声而去……

　　因为捕鸟、掏鸟蛋，我们常常忘记了父母安排的割草的事情，
从而没少被父母责骂，有时害怕父母责骂，也会"急不择手"地胡
乱砍一篮子芦苇回家，想着瞒哄过关。让父母最担心的就是我们下
河洗澡，每到暑假父母安排我们去割牛羊草时，都会特别叮嘱不能
下河洗澡。

　　童年时最开心的要数晚上，小伙伴们相互打听河两岸哪里有放
电影的安排，一旦有了消息，便会央求父母或大哥哥、大姐姐们带
上我们一起渡船去看电影，一饱眼福。不过，往往会因隔河渡水被
父母阻止。晚饭过后，我们也是很开心的，父母是允许我们跟着大
人们到河里去洗澡的，我们可以自由自在地在水里尽情地游泳和玩
耍。

　　白天小伙伴们大都是背着父母到河里洗澡和玩耍的，回家后，
父母只要用手指在我们的小腿上轻轻地划上几下，就会不打自招，
出现一道道"飞机拉白线"的"下水标志"，轻者被父母责备几
句，重者挨上父母两巴掌。

　　那时候家家都没有洗澡间、太阳能热水器、浴霸等洗澡设施，
男人们穿着裤衩在河水里搓着汗毛孔里排出来的汗液污垢，女人们
大都是靠着夜幕降临带着幼小的孩子到河里洗澡，用清爽的河水驱

赶着一天的疲倦。

年深日久，西沙河河床淤积，河面越来越宽，河底抬高，水位低浅，渐渐满足不了两岸农业灌溉需求了。插秧时节，下游两岸人民、两岸领导也时常到上游乡镇协调用水，多是等待上游插秧完毕，才开闸放水接济下游插秧灌溉。

为解决两岸农业灌溉用水问题，两岸党委政府和广大人民群众先后多次奋力开发，大规模疏浚河道，引来了徐洪河的清冽甘泉，让水稻连年丰收，为两岸富民增收奔小康增添了源头活水。勤劳勇敢的西沙河两岸人民奋发有为，敢教日月换新天，用勤劳的双手改变了过去一穷二白的面貌，也换来了如蜜的幸福生活。看到家乡变富，无比的兴奋之余，我也感慨良多，随笔写下《过西沙河有感》："沙河两岸稻米香，碧水悠悠菊正黄。居住如城惊艳美，生活处处是康庄。"

去年秋天，我再次经过西沙河，童年记忆中的老渡口和那平板小桥已不复存在，我的脑海里像放电影一样一幕幕闪过从前的画面。迎面而来的安河村排灌站、太皇河闸面目一新，长 100 米、宽 6 米、高 10 米的一座平板大桥映入眼帘，显得格外的雄伟壮观，为两岸人们便利出行、经济社会快速发展、人们奔向幸福的明天架起了一座康庄大桥。

二奶家的麦黄杏

　　提到杏子，不仅嘴里会条件反射溢津生水，而且也很容易就会想到杏子的味道。成熟的杏子皮薄、肉软核硬，金黄金黄的，酸里透着甜。所谓麦黄杏，就是老家麦子成熟时杏子黄的那一种，被当地俗称为麦黄杏。每到麦穗金黄成熟的季节，我就会不由自主地想起二奶家门前与屋后那两棵杏树，金黄色的杏子压坠了枝头，酸酸的、甜甜的，引惹我们一帮小孩子直勾勾地瞅着⋯⋯

　　二奶家的两棵杏树，一棵生长在大门西旁，另一棵生长在正堂屋后面。屋后的那一棵，树干生长得弯弯斜斜，一直伸到正堂屋顶上。这也许是杏树身旁那棵大槐树的原因吧！父亲说这两棵杏树是二爹年轻时所栽，每年都会挂满果实。我们庄上东西两头的小伙伴们从二奶家的杏树结出青涩酸果实到果实成熟，都会经常去光顾，看看青涩的果实长大了没有、成熟了没有。杏子成熟的季节，二奶总会端着一个针线筐，戴着老花镜坐在杏树下，为一家人缝缝补补。实际上，二奶为的是一边缝缝补补，一边照看着杏子。

　　清楚地记得那一年正是杏子成熟季节，我们几个小伙伴们中午一放学，就一溜烟地直奔二奶家而去。二奶不在门口，正在偏屋灶

房里烧饭，大叔和大婶正在田间除草还没有回来。我们四个小伙伴就一个踩着一个肩膀，形成了一个人梯子，将同伴三杈子送上了二奶家屋后那棵杏树。为了摘杏子方便，三杈子干脆就站在二奶家的房顶上，直到上衣两个口袋撑得鼓鼓的，才轻手轻脚地从弯弯斜斜的树干上滑落下来。

二奶家的堂屋，虽说是正堂屋，在那个年代其实就是泥踩的四大框，用单薄的檩条木加上芦苇和麦草盖起来的茅草房。平时玩伴少的时候，我们就从沟旁、地边捡起个硬土疙瘩，向二奶家的杏树掷去，只要有杏子坠落，只管匆忙抢着捡杏子然后溜之大吉，哪还管土疙瘩落到了哪里。

有一次一个土疙瘩从杏树上滚落下来，直接掉进二奶刚担满的水缸里。二奶一声骂："这些龟孙！"听到二奶的骂声，谁还敢上前去捡杏子，撒丫子就跑。从杏子成熟直到梅雨季节来临，可真没少让二奶、大叔大婶他们一家人遭罪，屋子漏雨修了又修。每次大叔从屋顶上捡下很多土疙瘩、石头块之类的东西时，都会骂上几句："这些熊孩子，实在太气人了！哪天，弄出我脾气来，我把树给砍了，看你们还来不来够杏子。"一次扔出去的土疙瘩直接从屋顶上滚落下来，将二奶的二孙子小军兄弟头上砸了一个大青疙瘩。这下可真把二奶、大叔大婶他们气急了，大叔从靳庄陈木匠家借来锯子，一股脑儿地将屋后那棵杏树锯成了几截，劈成了木柴。

童年时嘴馋，哪会晓得大叔大婶、二奶他们遭的罪，只知道贪吃。后来，二奶的眼睛不仅老花，而且耳朵也开始发聋！我们都称二奶耳朵背。一次，我们几个顽皮的孩子见二奶在杏树下缝缝补补看杏子，几人上前去故意围着二奶聊家长里短，夸赞二奶线角缜密，补丁俊俏，另一边的小伙伴们则轻手轻脚地爬上二奶家门前那棵粗大的杏树，直到衣服口袋摘满，才轻轻从树上滑下来。大家随即从二奶身边一溜烟地散去，赶着去分杏子。后来，每次这样佯装和二奶聊天，二奶都会说："你们这些小龟孙，早晚把树上这点杏子想完了，就不来了！就不知道给弟弟妹妹留一点。"

　　那时候，二奶的大孙子亚军兄弟在家排行老大，但可比我们小多了。亚军兄弟每次要和我们一起玩耍，我们就会让亚军兄弟回家，让二奶或大叔大婶用竹竿打一些杏子来，我们分着吃。只要是二奶家统一摘杏子那天，二奶和大婶都会挨家挨户端着干瓢送上一瓢杏子，让孩子们再一次吃上酸酸甜甜的杏子，这也意味着今年的杏子到此结束。现在想想，二奶、大叔大婶一年又一年，迟迟没有将杏树砍伐，直到他们真的很生气和意识到危险，才将杏树砍伐，其实二奶、大叔大婶就是为了想让弟弟妹妹和我们这帮小伙伴可以解解嘴馋。

　　一晃四十多年过去了。在那个缺吃少穿的年代里，家家都很贫穷，根本就没人会去买水果。除了二奶家少有的两棵杏树结出的杏子之外，大家很少有人吃过香蕉、橘子之类的其他水果。除非是家中来了远客、稀客，客人们会带来苹果之类的水果。新疆哈密瓜、海南椰子、菠萝等只是在课本上见到过。现如今人们生活富裕，囊中不再羞涩，加上道路四通八达，密织如网，陆运、空运快如闪电，南方的甘蔗、荔枝，北方烟台苹果、新疆葡萄，甚至进口水果——泰国榴梿、越南杧果等，在农村老家的小卖店里应有尽有。

2021年10月刊发于《今古传奇》

想念外婆

一晃外婆离开我们已经十多年了！可外婆的慈祥面容还时常出现在我的脑海中和我的梦里。小时候，我们兄弟俩因编织虾笼去捕捉小鱼小虾，差点儿要了外婆的命，现在想起来还心有余悸，非常害怕。

清楚地记得，那是小学三年级的一个暑期，我刚跟三哥学会了编织虾笼，就急不可待地赶往了外婆家。不仅是为了能向两个表弟显摆一下自己会编织虾笼，还因为外婆家住在徐洪河堆顶上，而徐洪河里有很多鱼虾，这也是我想要抓小鱼小虾的主要缘故。

那一次，我刚到外婆家就向表弟提及我会编织虾笼这件事，并且还向表弟渲染了虾笼捕捉小鱼小虾的神奇功能。小我五岁的表弟听我这么一说，就急促地催着我："咱俩去割芦苇，回来编虾笼。"我俩一拍即合，就带上镰刀，告诉了外婆我俩的去向和意图，很快就割回了芦苇和几根细长而又绵软的柳条，开始着手编织虾笼。虾笼编织好的那一刻，我和表弟迫不及待地要到河边水里去试试，心急火燎地告别了外婆，就直奔河边而去。

每年寒暑假我都会在外婆家度过假期，河水对于我们来说并不陌生。每年暑期，我们天天都会到河里嬉戏，洗上几遍澡，这次外婆却忽视了汛期水涨过猛，没有阻止我们去河里捉鱼虾。当时刚刚下过一场大暴雨，水流湍急，我们无从将虾笼放入水中。我俩只好沿着水边的河岸，一直向更远处寻找适合投放虾笼的位置。直到快看不到外婆家时，表弟提议河堤北面有一个不大的小水沟，也有流水，经常有小鱼小虾出没。

于是我们两兄弟翻过大河堤，来到了表弟所说的小水沟，将虾笼投在水沟中，布置好。不巧一阵大雨来临，将我们的衣服几乎打湿。为了避雨，我俩撒腿就往附近的一座小窑里跑去。小窑是专门用来烧砖、烧瓦的，感觉是刚刚才停火，特暖和。我们一起将被打湿的衣服脱下来，贴在小窑边上烘烤，边说笑边烘烤衣服，时间过得很快。

但谁也没有想到，外公一回来就问我俩去哪儿了，这时外婆才想起我们两兄弟拿着刚编织好的虾笼到河里去捉鱼捉虾的事。外公吃惊地埋怨着："这么大的水，怎么能允许他们俩到河里去捉鱼摸虾呢？"说话间，外公外婆都向河边奔去，顺着水边两串小脚印一直找到我们上岸的地方。可上岸的脚印被突如其来的一场暴雨冲刷得很难辨认。外婆见此处无我俩身影，就直接跳进河里，去寻短见，外公怎么拽，外婆也不愿上来，哭声震天，外婆哭喊着要随我们两兄弟一起而去。

恰巧，这时姨父赶来，见外公外婆都不在家，大门敞开着，隐约听见远处的河边有哭声，姨父感觉像是外婆的声音，就寻声而来。见外婆在水里，外公怎么拽也不愿上来，姨父就也下水去拽外婆，外公就向更远处摸捞我们兄弟俩。姨父边拽外婆边问什么情况，外婆哭着向姨父说出事情原委。姨父让外婆赶紧上来，叫外公

也不要去摸。姨父告诉外公外婆，他刚才来时，从河堤北面小水沟路过，看见有一个新编的虾笼正放在小水沟里，一旁有很多小脚丫印，虽没见着孩子，但估计不会有事。

可外婆没见着我们两兄弟怎么也不愿意上岸，姨父让外公拽住外婆后，一鼓劲冲上河堤，远远就看见我俩弯着腰，低着头在查看虾笼里的小鱼小虾。姨父又急忙转回告诉外公外婆，两个孩子正在堤北小水沟里捉鱼捉虾呢，外公外婆这才从水中上来，在河堤上远远看见我俩很平安，才转回家中，换下身上的湿衣服。

这时，姨父这才走到我俩身边，严厉地批评我俩："今天你外婆因为你俩差一点跳河自尽，赶紧回家，不要再玩了！看今天你外公怎么收拾你俩。"我俩吓得浑身发抖，战战兢兢地往回走，远远就看见外公手中拿着一根棍和一根绳子，顿时就觉得自己的脚有千斤重，再也迈不开双脚了。最终还是外婆抱住了外公，劝说外公："不要吓着孩子，孩子没事就是万幸，教育教育就行了！没有意识到危险和管好孩子我也有责任，要打就连我一起打好了。"

外婆的话语至今还在我脑海中回荡，现在想想还心惊胆战，害怕得很！外婆这一辈子为了呵护我们健康成长不顾一切，让我们晚辈难以忘怀！

2020年3月27日刊发于《宿迁晚报》

施恩美

美，可分为自然美和艺术美，莫过于花鸟鱼虫，飞禽走兽，大地建筑等之美。我这里要说的美，是指拾金不昧，不见钱眼开，心灵之美，行为大美的施恩美。

初识施恩美，是 2016 年夏天，在归仁医院里认识她。最初的印象中，她是一位很普通的农家妇女，天天奔波于家里和病房之间，伺候着她的丈夫，端吃端喝，擦身子，洗手洗脚，换洗衣物。

那时，我因被撞伤住院与她丈夫同室为友，也算是患难之交吧！她进进出出、来来去去，我们之间也算是熟悉吧。我入院的第五天，她和往常一样给丈夫送饭，拿来了换洗衣物等。她脚刚一踏进门，就面带气色抱怨着："都是什么人！事情都过去了 20 多年，还给我喊'愣子'，真是没教养，没素质！"

一句没素质，没教养，乍一听，从她的嘴里冒出来，让我感觉有点新奇。我的妻子忙上前劝说："老姐姐别生气，又是谁欺负你啦！""他奶奶个孙子的，刚才我从鱼市上过，我伸头问了一下，鱼多少钱一斤，他还喊我'愣子'，我当时就没给他好脸色，反问他，你看我哪里'愣'！"施恩美愤愤不平地向我的妻子诉说着。

原来是 1996 年正月里一天，施恩美把家中唯一一只下蛋的老母鸡抱到集市上去卖，凑钱给儿子交学费。卖完母鸡就赶往学校去找孩子，给孩子交学费。走到归仁老街鱼市里时，发现坑坑洼洼鱼市路上的泥水坑里有一小塑料布袋，里面好像有东西，就随手捡起来看看。施恩美一看，是一沓厚厚的老版 100 元大钞。

"我当时心里跳得厉害，但又不敢数，谁家丢了这么多钱，一定会出事！"施恩美情绪有点紧张而又有点兴奋地对我的妻子说。她赶紧跑到鱼市的厕所里一数，整整 16000 元，她又赶紧跑回鱼市，手扬着塑料布袋，在鱼市上来回大喊："谁丢钱啦！谁丢钱啦！"

当时，有好多人过来围观认领，当施恩美问失主丢了多少钱时，有的说 300，也有的说 500，都对不上号。其中有位卖鱼的说："刚才我看见一对夫妻骑摩托车从这过，塑料布袋是从他们的车上掉下来的，我以为是废品，没想到塑料布袋里包的是钱，那夫妻俩骑车往北面去了，好像是苏洼、杨桥村方向的人。"

施恩美拿着钱就往北面方向追赶，她追到了克复桥，追过了三眼井，也没有追到失主，就坐下来休息等待失主。她见着骑摩托车过来的就问："同志，你丢钱了吗？"一位好心同志下车对她说："大姐，我没有丢钱，但我刚才过来时，一对骑摩托车的夫妻正在吵架，说是因为不小心，把钱弄丢了。"

施恩美一听，赶紧请这位骑摩托车的同志前去追赶骑摩托车的夫妻俩，她怕失主出事，怕失主有想不开的念头。当找到这对夫妻时，施恩美问这对夫妻丢了多少钱，失主苦着脸向施恩美诉说："是 16000 元，用塑料布包着的。是今早刚从银行里取的，积攒了很多年，是准备给儿子建婚房用的。"施恩美一听数字丝毫不差，如数将 16000 元交给了夫妻俩。男失主从中抽取了 2000 元塞给施恩美作为酬谢，却被施恩美婉言谢绝了。施恩美还劝夫妻俩赶紧回家，说她自己也要到学校里找孩子有事。

当施恩美返回路过鱼市时，有人问施恩美："你找到失主了吗？"施恩美高兴地回答："终于找到了！"

"那钱呢？"

"还给人家啦！"

鱼市里有人笑话施恩美是个"愣子"，并说："16000 元足足够你家盖三间大瓦房，看看你家还是个两间破草房。"施恩美却笑着回答："钱对于我们家来说，的确很需要，也是个好东西，但那不是我的钱，也不是我的劳动成果，我也不会自己留着的。"从此她"愣子"的不雅绰号，就在鱼市里被人背地里叫开了。

一句"那不是我的钱，也不是我的劳动成果"和她被叫作"愣子"的委屈诉说，深深地触动了我的心灵。我频频发问，明明是好人，为何被人戏称了 20 多年的"愣子"！施恩美的举动不应该被不美语言所贬低！

我身在病房，无能为力，立即让妻子拨通我的一位好友记者的电话，向记者诉说这位心灵美、行为美，拾金不昧的好人的事迹。

在归仁这块古老而又文明的厚土上，有着"克己复礼，天下归仁焉"的美誉。他们立即召集本地乡土文化艺人，以施恩美拾金不昧为原型，编排了泗州戏《好人施恩美》，弘扬施恩美拾金不昧的心灵美、行为美的大美举动，讽刺那些贬低、亵渎好人的不文明行为。

2021 年 8 月刊发于《今古传奇》

木匠段师傅

上周六，我回到老家，看着老屋的门窗和屋内摆放的八仙桌、小菜橱，我便想起了木匠段师傅。他虽然离我们远去了，但他却给邻里乡亲留下了一件件漂亮的木制家具。他木工手艺很是精巧，过去谁家要置办家具，做个衣柜、大桌、木床之类的家具，都会请他到家中做上几天，漂亮的新家具做成后，总会给一家人增添几分喜悦之情。

木匠段师傅从小就立志，要做一名木工方面的能工巧匠。说来也巧，段师傅在不幸中结识了他的师傅陈大木匠。那一年段师傅17岁，刚好初中二年级毕业，当年秋天，他的母亲因病无钱就医，久拖病故。段师傅父子在悲痛中挖掉了屋后几棵柳树，为母亲置办棺椁，并请来了当地很有名气的陈大木匠。段父深知儿子的想法，于是晚饭时请来了陈大木匠亲戚作陪，一语道破小段想法，恳求陈大木匠收下小段为徒。经过几天观察，小段的聪明勤奋让陈大木匠决定收下小段为徒。

小段在师傅的谆谆教育下，木工手艺越来越好、越来越精通。这一年春天，小段学艺三年期满，艺成后，师傅送给了他一套斧、凿、锯、刨，让他出师回家自立门户。

木匠段师傅回家后，正赶上庄子上一户人家女儿要出嫁，事主正愁找不到木匠为女儿赶制嫁妆。经知情人推荐，事主决定请木匠段师傅到家里，为女儿出嫁置办陪嫁的木器嫁妆。叮叮咚咚，十来天过去了，陪嫁的大衣橱、梳妆台、写字台、八仙桌等家具基本完工，就剩下一个脸盆架子没完工和一对箱子还扣得严严实实，没有锯开。

木匠段师傅向事主告假，称回家有事，此时，正值清明前后，阴雨连绵。事主将一对没有锯开的箱子放在自己床头，夜间箱子发出"吱、吱"的声音，事主赶忙叫醒老伴也来听箱子发出"吱、吱"的声音。老夫妻夜间也在嘀咕，给女儿置办的是喜嫁妆，怎么会"吱、吱"作响呢？为了图个吉利，第二天赶紧找来段师傅，买来了酒菜，又将推荐人也请来。

可是，木匠段师傅还是迟迟没有将箱子锯开。事主急了，赶紧找推荐人问明原因。原来木匠段师傅是个年轻的小伙子，刚做手艺，"开箱子"不好意思向事主要喜烟、喜糖之类的东西。最后还是推荐人跟事主说了："你们家置办的是喜家具，一定要图个吉利，人家木匠师傅也要图个吉利，开箱子嘛，哪有不拿喜烟、喜糖的！自古农村结婚就有习俗，有'开箱拿喜烟、拿喜糖'之说，预示着香（箱）烟后代（厚待），甜甜美美，步步登高（糕）。"事主一听，赶紧让儿子到街上买来喜烟、喜糖、毛巾、大糕等。很快，木匠段师傅就将一对箱子锯开，将箱子口刨平，安装上转角铰链。

酒席间，事主对夜间箱子发出"吱、吱"的响声，请教段师傅是何缘故。木匠段师傅笑着对事主说："没什么！只不过是刚做的

木箱子，木料太干，合缝后，缝隙很紧密，这几天又是阴雨连绵，木箱受潮后，木板缝隙向外膨胀，通常就会发出'吱、吱'响声，待到天气晴朗或使用时间长了，自然就不会有此响声。"这么一说，事主才放心，并不是木匠段师傅在箱子上做了什么手脚。从此，木匠段师傅木工合缝的手艺好，就在当地十里八乡传开了。

段师傅这辈子不喜欢给去世的老人做棺椁，也许是见物思亲、伤心至极的缘故吧！可他学习起来很认真，苛求精准，牢记师傅的一言一语、谆谆教诲。就连段师傅自己收徒弟，也是要求严格，经常告诫徒弟做木工要处处小心翼翼，弄废了木料很难赔偿，尤其是做棺椁木材，都是事主家人多年前就为家中老人积攒或置办的上好木料，很是"金贵"！段师傅不仅自己仔细，还会用故事的形式去教育徒弟绝不能粗心大意。

他经常跟徒弟讲：从前，有这样一对师徒俩，徒弟喜爱讲故事，师傅也总是爱听徒弟讲故事。一日，师徒俩又被事主家雇去做棺椁，师徒俩费了好大劲才把那根很粗的柏木绑到汪塘边的一棵老柳树上。他们拿来了大板凳和大锯，徒弟站在大板凳上，师傅席地而坐，师徒俩你一锯、我一锯扯拉着大锯，很是悠闲。师傅让徒弟讲个故事，徒弟讲起故事来，师傅津津有味地听着。

可是徒弟的心思都在讲故事上，一不小心锯子"跑偏"下了线。徒弟告诉师傅："错了一锯。"师傅却说："错一句没关系，继续讲。"师徒俩又继续边锯边讲。不多一会儿，徒弟又告诉师傅："师傅，又错了一锯！"师傅仍然对徒弟说："错一句没关系，继续讲。"本来应该按放好的一条条线往下锯，眼看着一锯一锯错下来，两个锯口很快要交叉到一起了。徒弟实在忍不住了，告诉师傅，师傅这不能再错下去啦！师傅却说："错一句两句没关系呀！都是无关紧要的呀！"徒弟没办法，只好放下手中的锯子，把师傅拽过来看看，这才把师傅吓了一大跳。

段师傅这辈子共收了三个徒弟，最晚收的那个徒弟年龄也最小。这一年秋天，三徒弟跟随段师傅去给本村一户人家截盖房木料。这个事主总有一点瞧不起他这个刚学木工的三徒弟，段师傅看在眼里，却故意让三徒弟丈量，搭配三间屋檩条木。用了接近一个中午的时间，三徒弟把三间屋明间、暗间长短不齐三十多根的檩条加脊木给配齐了，并丈量好，打上尺码标号等，就等着将檩条木的两头用锯子截齐备好。

段师傅为了防止出现差错，就采取截一根、量一根的办法，复过尺寸数字，但他又怕徒弟面了上过不去，就给三徒弟讲故事：从前有个年轻人，刚跟师傅学了几天木工手艺，就觉得自己已经很不错了，就背着师傅跑回了家。恰巧庄上一户人家建房，他去给人家截脊木、截檩条，三间屋三丈三的长度，他全部按照中间到中间的"中到中"算法截取木料。建房的四大框土墙踩好后，请他去上梁、上檩条，他才发现木头截的都是"中到中"，长度不够长。即使是盖好了房子，结构也是不坚固的。

这下，可把年轻人愁坏了，找了个借口——今天身体不适、肚子疼跑回家中，告诉了父亲，并被父亲臭骂了一顿。父亲无奈，只好把家中积攒多年留给年轻人结婚建房用的木料赔给了事主。

段师傅的严格要求和他与众不同的教育方式以及他的精湛木工手艺，给人留下了特别深刻的印象。看着自己和左邻右舍的人家，还留有木匠段师傅一件件精致的手工木制品，便不禁又想起了木匠段师傅。

刊发于《分金文学》2018年冬季号

又想起收酒瓶那些事儿

昨天与好友相聚K歌时，台湾歌手苏芮演唱的一首经典老歌《酒干倘卖无》，又勾起了我少年时候的诸多回忆。那时我们常常听到《酒干倘卖无》的歌声，但我们也会很调皮地把它改编成调侃，唱成"酒干了瓶卖给你……"

上了初中，弟弟妹妹他们都要上学，家中条件又比较拮据，为赚取学杂费和零花钱，暑假期间，我们也学着大人们的样子做生意，推着自行车走村串巷收购酒瓶。

初中一、二年级的时候，每个寒暑假，我都会和同村既是好友，又是同学的三全、山子、七零他们跟着大人们，到周边乡镇、各村庄上，伸直嗓子叫喊着："有酒瓶拿来卖！"名义上是去赚取零花钱和学杂费，实则也是为了贴补家用。

20世纪80年代中期，我们苏北农村还是比较贫穷的，但这也让我们磨炼出吃苦耐劳、说话本分的性格。清楚地记得我和七零第一次到埠子北面三棵树乡去收购酒瓶，叫喊了一个中午"有酒瓶拿来卖"也没收到几个酒瓶，感觉有点饿了，就索性停下来歇歇。

不远处的汪塘里有人在钓鱼，七零提议到前面看人钓鱼去，顺便歇歇脚，吃点自备干粮。我们俩一拍即合，边吃饼边看钓鱼。只见那青青的鹅毛鱼漂在稀疏的水草丛间轻轻地抖动两下，一点一点往下沉，又猛地往上一送，这时渔人猛地一提竿，我俩异口同声叫喊："好大的一条鲫鱼呀！"

渔人看着我俩，没有出声，将鱼从钩上摘下，轻轻放到置放在水中的渔网里后才问道："你们怎么没收到酒瓶呀？""是呀，不知是什么原因，我们俩也扯着嗓子在叫喊'收酒瓶'，就是没有人搭理我们，我也在自问，难道是因为我们第一次出来做生意？"我一边回答钓鱼人的问话，一边也在喃喃自语。

钓鱼人哈哈大笑，说："看来你们真是第一次出来收酒瓶！还是个学生吧，经验明显不足！今天埠子街逢大集，附近人家中午多数都去赶集了，家中剩下的都是孩子，他们只顾玩耍，或都在做作业，谁会理会你们的叫喊声呢？并且卖酒瓶这事大多数是家中很会精打细算过日子的家庭主妇负责。收购酒瓶赶上逢大集的时候，要到离集镇较远的村庄去叫喊收购，休集时再到街上的饭店里去询问收购。离集镇路程远的人家，小一小的事情，不是急需，他们基本上不会去赶集，家中基本上都会有人。休集时，饭店生意少，老板也有的是时间，并且空酒瓶摆放在饭店里也占地方，这样收购酒瓶的成功概率才会大。"

钓鱼人的一席话让刚学着收酒瓶的我俩茅塞顿开，我俩正要推车出发，钓鱼人又喊我们："你们两个过来，我告诉你们谁家有酒瓶。"我俩听闻有酒瓶线索既惊喜又矛盾，惊喜的是有酒瓶可买，矛盾的是一家酒瓶到底我俩谁买。

钓鱼人似乎看懂了我俩心思，一边装钩上的鱼饵，一边介绍说："前面不远的肖桥村郭书记家儿子前天刚结婚，有不少刚喝完

的空酒瓶，要学着勤快一点帮帮忙，'勤利、勤利'，有勤就有利；另外，这庄子西头徐会计家女儿前天刚出嫁，他们是儿女亲家，也有不少酒瓶。"

经由钓鱼人的指引，我们俩决定一人前往一家收购酒瓶，七零先去庄西徐会计家叫买，我准备到郭书记家去收购。购买时，女主人与我斤斤计较，讨价还价，我出一角一分每个酒瓶，她偏要一角二分每个酒瓶。无奈之下，只好向女主人解释：我们两兄弟是合作收购酒瓶，就是暑期出来学着收酒瓶，赚点零花钱，并且酒瓶还要送到很远的洋河酒厂去卖，才能卖到每个一角四分钱。

"你看，这不刚刚才在埠子陈林西面的徐会计家收购了两蛇皮口袋酒瓶。"我们一边说着，还一边指着刚收购的酒瓶给女主人看。看女主人还在迟疑，我灵机一动，对女主人说："要不是在陈林，一个钓鱼中年人介绍说你家刚办过喜事，是儿子结婚，家里酒瓶又干净又好，让我们来你家收酒瓶，我们才不会出这么高的价格嘞！前面我们收购，只出一角钱一个。"女主人听后，很爽快地答应了："一角一分就一角一分吧，成交！这酒瓶就卖给你俩啦，零头不成角的我也不要啦！"

我和七零第一次出去收购酒瓶，就收购了这么多，一路歪歪扭扭运到家，虽然很累，但也很高兴。第二天，我和七零去洋河酒厂把酒瓶卖掉，每人分得三元二角。第一次做生意就收入了这么多，心里甭提那高兴的劲头。高兴之余，才感觉到屁股坐到自行车垫上很是疼痛，大概是屁股磨出了血泡吧……

钓鱼人的话一点不假："勤利、勤利，有勤才有利！"我第一次尝试到付出劳动所赚回的甜头，相比当时念初一十九元的学费、五分钱一支的铅笔、一元一斤的猪肉、两角一张的露天电影票和那每天三四元的成人务工工资，三块多钱已经是很可观的收入了。

　　直到现在，钓鱼人的话语还一直在我脑海中回荡，无论是工作还是回家做事，我一刻也不会忘记。时刻保持思考，本着说话与做事忠诚本分，有理有据，多说他人高兴喜事，不说他人扫兴之事。尽自己力量为自己、为家庭、为社会增添一份融洽相处、相互合作、快乐和谐的好氛围。

阿　黄

　　昨天和妻子晚饭后出去散步，听到一女士叫了一声小黄快回来，一只金黄色的小狐狸犬快速地跑回到主人身边，不免让我想起了外婆家那条大黄狗，我和外婆一家人都叫它阿黄。

　　阿黄是一条很通人性的狗，太婆很爱它。每顿饭后，太婆都会留下大半碗饭给阿黄。只要我们大家一声呼唤，哪怕它离家很远，只要一听见，就会很快跑回来。每次夜晚我和表弟跟着外公去巡堤，看看有没有人偷砍河堤上的小树木时，阿黄都会在前面给我们开道，给我们壮胆子。

　　外婆家独自一家人住在离庄村很远的河堤上。每到夜晚，门外的羊圈里大大小小的二十多只羊都很让外公、外婆担心。阿黄自然就睡到羊圈旁边，担负起夜晚看羊的任务。夜晚只要有人路过，阿黄就会吠个不停。若是天气不太冷，外公便会立即起身前去查看状况。检查后若无异状，只是夜晚赶路的行人，外公就会大声喝道："阿黄干什的！"阿黄就会停止吠叫，回到自己窝里继续睡觉。

　　若是寒冷的冬夜，外公也会根据阿黄叫声的大小和厉害程度来判断是过路行人，还是有人前来或异样状况。如是声音特大、特凶，外公会立即起身穿上那件旧大衣，戴上舅舅在宁夏服兵役时给他买的那顶黑色的绵羊皮帽，顺便拿起常放在门后的那把草叉前去查看情况。

阿黄一向跟太婆关系特好，那一年仲夏，阿黄来回走动，坐立不安，不怎么肯吃我们扔给它的剩饼，甚至就连太婆给它的稀饭也不肯吃。最后阿黄将自己的小窝移至太婆的床下，并在夜间产下了七只毛茸茸深栗色的可爱的小狗崽。我们很想抱抱它们，可太婆告诫我们不要走近，更不要用手抚摸或玩弄小狗狗，防止因阿黄护崽而被咬伤。

夜间，我清楚地听到外公和外婆在说话："老黄狗没在自己的窝里下崽，而是跑到他太婆床下产崽。这畜生呀跟人一样，谁对它好，它就跟谁亲！"我和表弟很妒忌太婆，妒忌阿黄在太婆屋里下崽。我们也时时刻刻往太婆的屋里跑，很想找个机会抱抱小狗崽，却又一次次被太婆阻止。我们只有趁阿黄不在的时候，才敢去抱抱狗崽，只要狗崽一叫，太婆就立刻让我们把小狗崽放回去，防止阿黄回来咬着我们。

那一年是个闰月，狗崽刚刚满月，就被亲朋好友抱走一空。迎来了花生收获的季节，太婆却生病了，太婆一病不起，撒手人寰。这一年太婆八十四岁，一家人悲痛欲绝，在阴雨连绵中送走了太婆。外公、外婆种的两亩花生近一半出芽烂在了地里。

那一年初冬，一个很宁静的夜晚，晚饭后，我和表弟数星星，看着繁星密布的天河和那闪亮的牛郎织女星，忽然听到屋后好像有妇人在哭泣。我和表弟害怕不敢前往，慌慌张张跑回屋里，告诉外公外婆屋后好像有人在哭泣。外公便拿起了手电筒和我们兄弟俩一起前往查看究竟。

外公家通往北方河堤下的那条小路，在朦朦胧胧的月光照耀下显得格外的冷清和寂寞，外公一边走还一边呢喃："这会是谁呢？"视线渐近，隐约能看到的是阿黄坐在小路上，向着堤下太婆埋葬的方向在哭泣，很是伤心。老远外公就喝了一声："阿黄干什的！"阿黄见我们走近，哭声戛然而止，向我们摇起了尾巴，跟着我们一道回家了。

没过几天，阿黄就不怎么肯吃食了，且越来越瘦，一吃食就吐。夜间，清楚地听见外公和外婆在商量："这条老黄狗已喂了很多年，也通了人性，还是买点药吧！"可是，外公给它吃了胃复安、土霉素等药，就是不见好转，不久阿黄就随太婆而去了。

2021年10月23日刊发于《宿迁晚报》

又想起那只鸬鹚

　　动物虽不能与人直接交流，但与人类有着相通的灵性，自然也能和谐相处。动物与人类相处时间长了，主人只需一个动作、一个眼神示意、一声吆喝，动物便会领会主人的意思。记忆中的那只鸬鹚失去了家，又回到了家，让我纠结多日的心情骤然舒展。昨晚不免又想起那只鸬鹚。

　　那年我十三岁，表弟八岁。正值收麦子期间，我们帮着外公、外婆在地里割麦子。晌午时分，在太阳的照射下，麦田里十分闷热，让人口渴难耐。于是我和表弟就向外公外婆说明口渴，想到河边去洗把脸与喝口水。在外婆的同意下，我与表弟箭一般地撒腿就往河边奔去。

　　远远就看见一只鸬鹚蹲在水边，旁边还躺着一条六七斤重的大鲤鱼，鲤鱼浑身伤痕累累，朝阳一面的鱼鳞已被晒干。鲤鱼明显失去了生命体征，我和表弟心里都很惊喜，当我伸出双手要去捡那条大鲤鱼的时候，鸬鹚却用嘴啄向了我，我急忙缩回双手，避开了这一啄。

　　表弟人虽很小，但很机灵，他急中生智，捡来一根树枝，挡住鸬鹚的头部和脖子，一把将鸬鹚的脖子抓在手中，我才得手把大鲤鱼捡了起来，顺便也将鸬鹚带回，高兴地向外公、外婆报喜："今天中午有大鲤鱼吃了！"

在那 40 多年前的困难年代里，尤其在靠镰刀手工收割麦子的季节里，人们的生活非常清苦，一年半载都吃不上一顿鱼和肉，人人肚里都没有什么油水，个个嘴都馋得很。中午能有大鱼吃，甭提是多么高兴的一件事了。

外公吩咐："赶紧把鱼送回家，将鱼鹰（鸬鹚）放到鸭圈里，防止'大黄'（外公家的大黄狗）伤害它。"中午，我们把鲤鱼的下水倒进鸭圈里，那几只鸭子明显欺负这只外来客，鸬鹚一口也没吃着。吃饭的时候，外公说："早晨在地里割麦子，就看见有四条小渔船在放鱼鹰（鸬鹚），向东去了。"直到第三天也无人来找，我们单独给它剩饭，也不见它吃，外公说它只认鲜鱼，不认饭。

这一下，我们都急了，我和表弟决定把鸬鹚放到水里，让它自己捉鱼吃。放到大河里又担心鸬鹚不肯上岸，我们无法将它带回，只好将它放到门前的汪塘里。我和表弟轮流到汪塘边去看望，生怕鸬鹚被鹅、鸭子欺负或被黄狗伤害。每到晚上，我们也学着渔人的吼叫，吼啦……吼啦……想让鸬鹚听我们的话赶快上岸，可鸬鹚就是不听我们的召唤。好在汪塘不算大，我和表弟一人拿着一根长芦苇，吆喝着鸬鹚，将鸬鹚赶回鸭圈。

几天下来，明显看出这只鸬鹚瘦了很多，让我的心情既沉重又纠结。直到第八天，才有人向外公打听鸬鹚的下落。来人沿徐洪河从金锁镇找向睢宁方向，又从出发地找到我们这里，一路询问，一路打听，才找到这只鸬鹚的下落。

当鸬鹚见到主人的那一刻，它在水里欢快地拍打着翅膀，然后吞食着主人抛给它的一条条鲜鱼。在主人的召唤下，这只鸬鹚轻松地上了岸，主人将鸬鹚放到肩头上，与我们挥手示意，骑车离去。

　　望着鸬鹚和渔人骑车远去的背影，我纠结了多日的心情一下子轻松起来，深深地舒了一口气，暗暗替这只鸬鹚开心，它终于找到了主人，又可以回到属于它自己的那片幸福而又快乐的天地。

　　　　　　　　　　　　　2020年10月23日刊发于《宿迁晚报》

忠实的猫与狗

古人云："野鸡打满天飞，家鸡打团团转。"这说明家养的动物与主人、与这个家庭有着一定的感情，尤其是一些灵性较高的猫、狗等动物，不仅能听懂主人的语言，还能领会主人简单的肢体语言动作，甚至有时还能知道什么事情对主人很重要。不信你看，一群鸡鸭鹅正在啄食着主人辛辛苦苦种出来的小青菜，主人很是气愤，从地上捡起个土疙瘩，狠狠地向鸡鸭鹅猛地掷去，嘴里还发出"吼咻、吼咻"的紧急驱赶声。狗儿毫不犹豫，像箭一般蹿出去，直冲鸡鸭鹅，吓得鸡鸭鹅直叫，扑打着翅膀四散逃窜。这也能让鸡鸭鹅很长一段时间不敢再去啄食主人的小青菜。

清楚记得，那是我们小的时候，夜间外婆跟外公聊天说："家后大豆地里，今天我去除草，发现有一大片大豆的豆棵头都没了。"外公忙问："是怎么一回事？"外婆回答："我发现地上有很多新鲜的兔子屎，这用不着说，无疑是被野兔子吃的，看样子还不只是一只野兔子吃的。"

说着说着，我们和外公外婆都进入了梦乡，睡得迷迷糊糊的时候，只听见床底下有动静。外公听着动静说："估计今夜猫又逮到一只大老鼠！"听了半天，外婆却说："不对，逮到一只老鼠不会有这么大的动静。"说着，外婆划亮了火柴，点燃了煤油灯，向床底照去。只见外婆家的那只大狸猫嘴里叼着好大的一只野兔子，野兔子的四脚还在无力地挣扎着。外公急忙起身，将野兔捡起，用绳子系着野兔的脖子，挂在山墙那根木橛子上。这可把我们表兄弟俩乐坏了，因为我们可以有兔子肉吃了，又可以满足我们那好吃饥渴的小馋嘴了。

　　那几天也着实让我们解了馋，没过两天外公家的那只大黄狗也叼着一只野兔子回来了。外婆再去大豆地除草时，发现大豆被狗和兔子搏斗撕咬倒伏了很大一片。那一年外婆所种的那一块大豆，后来就再也没有发生被野兔了吃的现象。

　　小时候，我们也常常听到大人们说"儿不嫌母丑，狗不嫌家穷"。朦胧懂得家里穷得无吃，狗儿就是自己出去到外面觅食找着吃的，只要到了晚上也是要回到自己的家里来，为主人忠心耿耿地看家护院的。狗对主人的忠实，那是不言而喻的，饲养过狗的人都有体会。

　　外公养的那条大黄狗，我们都叫它"阿黄"。如若是外公的朋友到来，朋友要是先伸出手要和外公握手，大黄狗会猛蹿过来，待看到外公带着欢笑的面容高兴地和朋友握手，它也会立刻放下警戒，摇头摆尾像个孩子似的，哼哼唧唧地在外公和客人的腿上蹭来蹭去。

　　若是有人和外公开玩笑，从后背抱住外公的腰，阿黄会立刻扑上去，直到外公呵斥住它："大黄你干什么的！你眼呢？这是熟人你不知道吗？"大黄被外公一顿呵斥后，低着头，夹着尾巴，偷偷地从外公的旁边溜走，远远地坐在地上看着外公。

小时候，外公经常给我们讲猫和狗忠于主人，帮助主人解决忧愁的故事。说很久以前，一户大户人家养了一只猫和一条大黑狗。主人家祖上传下来一颗很珍贵的夜明珠，夜间不小心被贼人盗去了。主人整天愁眉不展，日夜思念哀叹，茶不思饭不想。老伴劝说主人："若是不吃饭，把人愁出病来，愁倒了，就更没希望了。多少要吃点饭，有人在就有希望。"

猫儿睡在老伴旁边的被角上，老伴的劝说和家中发生的事情，猫儿听得真真切切。猫儿立刻跳下床去，找到正在门口看门醋睡的大黑狗，喵喵猛地叫了两声，把大黑狗叫醒，并埋怨狗儿没有看好门，主人家的家传夜明珠被贼人盗去，主人整天愁眉不展，茶饭不思，日渐消瘦，这怎么了得。

大黑狗听后也很自责没有为主人看好门护好院，才使主人家的夜明珠被盗。机灵的猫儿对大黑狗说："自责是没用的，你不是嗅觉很灵敏吗？赶紧顺着气味去找，等有了下落，我们再共同商量怎么办。"大黑狗顿时行动，让猫儿在家看家，自己独自顺着气味出发了。翻过了九座山头，蹚过三条大河，终于找到了夜明珠的下落，就在离家一百多里之外的一户人家家里。找到夜明珠后，大黑狗日夜兼程往家赶。主人丢了夜明珠，又无缘无故丢了狗，那叫一个伤心。

两天之后，主人看到失而复得的大黑狗浑身湿漉漉地回来了——明显是从水里游过来的，冻得瑟瑟发抖。他心疼大黑狗，就赶紧让老伴把剩饭热一热给狗儿吃。狗儿吃食的时候向猫儿说找到了夜明珠的下落，可以断定夜明珠就落在那户人家，只是自己没办法见到，也不知道会收藏在什么地方。猫儿高兴地对大黑狗说："这个你不用愁，我自有办法，我看事不宜迟，咱们得赶紧行动，以防夜明珠被转手。"大黑狗对猫儿说："路途很远，你这四条小短腿，怎么也得要几天才能走到呀。"猫儿点着狗的笨脑袋笑着说："你这个傻瓜，这个就只好委屈和辛苦你啦！"说着猫儿跳到大黑狗的脊背上，骑着狗儿就出发了。

大黑狗和猫儿很快就到了那户人家家里，猫儿从那户人家的狗洞里钻了进去，并让大黑狗堵住那户人家的狗洞，不让那户人家的狗儿钻进去，以防伤害猫儿。猫儿进去后也不知道夜明珠会藏在什么地方，一时间也很难下手，寻找的时候跳来跳去惊动了这家主人。这家主人想要起身看看是什么情况，猫儿赶紧"喵喵"叫了两声。这家主人一听是一只猫儿，也没多想，又准备入睡，可又猛然间问老伴："前两天我交给你保管的夜明珠，你收藏好了吗？"老伴也是随口就说："赶紧睡吧，我已收藏好，就藏在咱家那个大皮箱子里面的那个小木箱子里面。"

猫儿一听，终于知道了夜明珠的下落。可夜明珠在双层的小箱子里面，如何能弄到手呢？猫儿稍加思索就有了办法。它瞬间就抓住了一只贼头贼脑正在偷吃的大老鼠，大老鼠吓得尿都出来了。猫儿让这只被擒的大老鼠不要怕，只要帮助办成一件事，就会放了它。大老鼠跪地求饶，一听事成之后就会放了它，满口答应："只要能办到，别说一件，就是十件也不在话下。"猫儿说："很简单，只要你把这只皮箱子啃开，里面有个小箱子，你再给啃开，把里面的夜明珠给我抱出来，你就没事了。"于是老鼠就啃起了皮箱子，老鼠"咯吱、咯吱"啃箱子的声音吵醒了这户人家正在睡觉的老伴，老伴"吼哧、吼哧"赶个不停。猫儿"喵喵"叫了两声，这家的主人劝说老伴："赶紧睡吧，有猫儿在，不会有事！"老鼠"咯吱、咯吱"地啃箱子，这家老伴就"吼哧、吼哧"地驱赶老

鼠，猫儿就"喵、喵"地叫两声，让这家主人安然入睡。

　　很快这只大老鼠就啃开了两层箱子，顺利地将夜明珠抱了出来交给猫儿。猫儿嘴里叼着夜明珠骑到了大黑狗的脊背上，日夜兼程往回赶，翻过了那九座山头，蹚过那三条大河，深夜回到了家，在主人的床边喵喵叫个不停。主人一听很是惊喜，不见了两天的猫儿回来了，赶紧起身点亮了油灯，看见猫儿浑身湿漉漉地蹲在地上，面前放着自家失踪多天的那颗夜明珠。这时，大黑狗在外面被冻得汪汪直叫，主人忙打开门，看见狗儿浑身也湿漉漉的，明显狗儿和猫儿都瘦了很多。主人立刻吩咐老伴把剩饭、剩鱼端给狗儿和猫儿，又升起一堆篝火，为狗儿和猫儿取暖。主人也明白了大黑狗两次失踪和猫儿这次失踪又返回，是出去为他们家寻找失踪的这颗夜明珠。

结　缘

　　佛说，前世的五百次回眸才换来今生的擦肩而过，徐伟与英子两个人从小相识，从茫茫人海到再次相遇，相知，到最终相守，都因入户统计调查结下的缘。

　　当年幼小的徐伟跟随插队的父母在农村居住，父亲在生产队做统计工作的记工员，也就是谁家今天出了多少劳动力，挣多少工分，他到现场做记录考核，也算是个有文化的人。徐伟最好的玩伴就是隔壁王奶奶家的外孙女英子，直到上小学，英子每年寒暑假都会来外婆家度过假期。他们一起做作业、捉迷藏、摔泥巴。遇到作业难题，英子的外婆总会拉上英子向徐伟父母请教。

　　那一年春天，徐伟的父母突然接到回城的消息，可把懵懂的少年徐伟急坏了，小小的二年级的他写下了一张"以后我会来找你"的歪歪扭扭的留言条，塞到了他和英子捉迷藏时英子喜欢躲的外婆家的一个墙角的缝隙里，期盼着英子再来外婆家时能看到。

　　离开时，徐伟多次回头也没有看到英子出现。他明明知道这既不是放假，也不是星期天，还是忍不住回头张望，依依不舍地离去。一晃三年过去，那一年暑期，十三岁的徐伟背着父母谎称学校

要补课，踏上了北归的行程，找到了父母插队的地方。当年的住所还在，只是人去楼空。经过打听，得知英子的外公去世了，英子的外婆随英子一家居住，英子的家也随英子父亲工作的变动搬迁到了外县，具体去向不知。墙角里那张纸条被风吹日晒、雨水冲刷，字迹还依稀可见，徐伟带着闷闷不乐的心情回到家中……

一转眼，徐伟已二十六岁，大学毕业，面临着工作分配。徐伟选择了支援苏北，来到了苏北的一座小县城，从事农村统计调查工作。此时，父母和同事也在为徐伟张罗着找对象，可徐伟一提到此事就闷闷不乐，大学期间有好多女同学向徐伟示好，都被徐伟以"上学期间，还是以学习为主"给一一回绝了。

这一年，新履职的徐伟要到农村样本点去了解情况，乡镇统计工作人员陪着徐伟到街东小街村挨户走访调查，了解样本农户家庭人口结构、经济收支等情况。

"张先宝家有人吗？"敲门和询问声刚落音，屋中就传来姑娘的回问声："谁呀？"

"我们是入户统计调查走访的，打搅你啦，给你们添麻烦了！"

一声"快请进！不要客气，请坐"让徐伟的思绪凝滞了半天才回过神来，这个亭亭玉立的姑娘好像在哪里见过，感觉似曾相识。统计入户调查了解情况原本就是徐伟的工作，这很快让徐伟怦怦直跳的心又平静了下来。了解中得知姑娘叫张琳瑛，家中有外婆、父母、弟弟和妹妹，弟弟妹妹都正在上中学，刚陪着外婆到舅姥爷家去了，父亲还没有下班，母亲在田间劳动还没有回来，自己刚从财校毕业，正等待县里人事部门调配就业。

徐伟又试探性地问张琳瑛："你外婆是本地人吗？"张琳瑛的

回答让徐伟得知英子的外婆就是自己父母插队时的邻居。"你是英子？我是你外婆家的邻居大伟呀，我们小时候经常在一起捉迷藏！"这样的询问与自我介绍，不仅让徐伟自己心情激动，就连这位楚楚动人的大姑娘张琳瑛也十分激动。

这样的相遇，又一次的相识和互诉衷肠，让从小就认识的两人感情再次升华。说来也巧，张琳瑛这一年被分配到县统计局工作。在徐伟对张琳瑛的爱情追求下，徐伟与张琳瑛在父母、亲戚、同事的祝福下，牵手走进了他们彼此向往的婚姻殿堂。

他们从小相识，因住户调查再次相识，喜结良缘，一辈子相知相守。后来，子承父业，徐伟的儿子徐梓祥通过公务员考试进入地级市统计局工作。

宽　容

　　"宽容"一词出自《庄子·天下》："常宽容于物，不削于人，可谓至极。"由此可知，宽容就是能容忍或不计较。宽容也彰显着大度和人性的胸襟情怀，最大的宽容与胸襟莫过于在同一场战斗中，让侵略者和保家卫国牺牲的新四军战士同葬在一个墓园，这需要多大的宽容与胸襟呀！这也许只有中国人能做到，中华民族能做到！

　　朱家岗烈士陵园也许是绝无仅有的，日本法西斯侵略者与为国牺牲的新四军战士同埋在这个墓园里。朱家岗烈士陵园1943年8月建园，之后经两次修建，26个台阶，19.42米高的纪念塔和那73位镌刻在青石上的光荣年轻人，向后世人诉说着1942年冬那场喋血鏖战的朱家岗保卫战：新四军4师9旅26团与日军殊死搏斗，最终以少胜多、以弱胜强取得了胜利，打出了新四军军威，让日军一蹶不振、仓皇逃窜，最终取得了33天反"扫荡"的彻底胜利。

　　日本法西斯和大资本家为谋一己私利，发动了全面侵华战争。1942年冬，日军几经筹备之后，调动第十七师团的清水旅团、第十三旅团混成旅团一部精锐部队，纠集日伪军近万人兵力，附骑兵，在飞机、坦克、汽艇、大炮的配合下，从徐州、蚌埠、淮阴、盱眙等地兵分五路对淮北抗日根据地开展为期33天的"大扫荡"。新四军4师9旅26团承担党政机关转移和牵制日军任务。

新四军利用人熟地熟的优势，找准时机袭击日军，有时候趁日军刚睡下或刚端起饭碗来，就东打一枪，西扫一阵子或甩下几颗手榴弹，与日军周旋了20多天，将日军搞得晕头转向。12月7日夜，新四军26团强袭青阳南小街日军据点，杀伤日伪军90余人，随后迅速撤离阵地。

12月9日黄昏，26团抵达朱家岗宿营。朱家岗东临洪泽湖，西靠安河，由曹圩、张庄、孙岗等自然村组成，是淮北抗日根据地的腹地。

次日拂晓，一阵刺耳的枪声划破夜空。日军金子联队3个大队及少量伪军1500多人兵力，从青阳、归仁集、洋河等地偷袭朱家岗。敌人分路包围了孙岗，正向曹圩、张庄逼近。炮声、枪声越来越密集，罗应怀团长果断发出坚守朱家岗的命令。此时，26团有一个营在合围圈外，实际兵力不足500人。

一场空前惨烈的守备战在洪泽湖畔打响。一连三排坚守孙岗东院墙阵地，战士们依托房屋小院，顽强阻击敌人长达9个小时，子弹打光了，就挥起大刀冲向敌人，浴血肉搏。最后，20余位官兵全部阵亡。有的战士牺牲时手还紧紧握着带血的大刀，有的嘴里含着敌人的耳朵。

日军用燃烧弹烧毁了五连三排坚守的张庄房屋，浓浓硝烟熏得战士们睁不开眼、透不过气来，不少战士脸上、身上被烧伤。副连长戴春涛组织战士利用熟悉地形的有力优势与一墙之隔的敌人进行周旋，鬼子在围墙上挖枪眼，战士们就将手榴弹投掷出去，炸得敌

人鬼哭狼嚎。大批日军在火炮的掩护下向曹圩东南门发起猛烈进攻，四连三排沉着应战，连续打退了敌人 3 次冲锋。

在打退敌人第 5 次进攻后，部队伤亡很大。团部决定将从来没有打过仗的"小鬼班"拉上去。所谓"小鬼班"，其实是 12 个最大不超过十六岁的战士。他们都是淮北根据地贫苦农民的孩子，有的父母被日寇杀害成了孤儿，为了报仇，他们参加了新四军，组织上就单独将他们编为一个班，这个班被同志们亲切地称为"小鬼班"。

"小鬼班"上阵地后，为了节约子弹，他们举枪瞄准敌人近距离射击，一排"齐射"，30 多个鬼子就应声倒地，剩下的鬼子连滚带爬逃了回去。

有一次，两个鬼子冲到东南门的一辆牛车边，还没回过神来，一个被"小鬼班"一枪毙命，另一个被一刀砍死。战斗经过十进十出，反复冲杀，这些小战士们与日寇殊死搏斗，像钢铁一般坚守在阵地上。

经过 18 小时激战，新四军消灭敌人 280 余人，敌寇在慌乱中弃械遗尸，从朱家岗逃回了青阳，龟缩回徐州、淮阴、泗县等据点。一场喋血的朱家岗守备战，新四军指战员当场牺牲 56 人，17 名身负重伤的指战员在转运洪泽湖边应山集后方医院先后牺牲。

日军仓皇溃逃中，丢下了小队长及 13 具日军尸体。日军在村子里烧杀抢掠，战士们和群众都对其恨之入骨，都说将日军尸体扔出去喂野狗。新四军老兵张道干阻止了他们，说了一句："他们也是爹生娘养的孩子。"当时新四军是有规定的，在战场上被遗弃的日军尸体也要妥善掩埋。

张道干当即下令，把日本兵 13 具尸体集中起来就地掩埋。张道干的爷爷奶奶都是在战乱中被杀害的，就连他自己也差一点在战乱中被杀死。张道干强忍满心仇恨，将日本士兵给掩埋了，并从日本兵军服上摘下一枚日军关东军勋章留作纪念，体现了新四军人道主义精神和博大胸襟。这枚日军勋章，属于一个名叫嘉惠文博的日本士兵，后被九十三岁的新四军老兵张道干捐献给侵华日军南京大屠杀遇难同胞纪念馆。

13 具日本兵尸体被收敛埋葬在朱家岗烈士陵园西北角，战斗结束后，由日本反战同盟会淮北支部竖立，用日文刻写"日本阵亡将兵之墓"墓碑。

朱家岗烈士陵园里的那座"日本阵亡将兵之墓"，既是展现中国人民博大胸怀的"宽容碑"，更是日本侵略者罪恶的铁证。一个偶然的机会，日本友人、浙江海盐泽铃精工有限公司副总经理田中隆先生，在互联网上获悉朱家岗抗日烈士陵园里葬有二战"日本阵亡将兵"这一信息后，颇感惊奇，遂于 2006 年 10 月 4 日专程来到墓园。

田中隆一行先是在"抗日烈士纪念塔"前敬献花圈，深深三鞠躬，代表其父辈们向抗日英烈和中国人民谢罪，后又来到了"日本阵亡将兵之墓"前。凝神默读碑文后，田中隆感慨："要把中国人民的博大胸怀和宽容之心向日本人民广泛宣传，并以实际行动为促进日中两国人民的世代友好做出贡献。"

孪生也会有尴尬

　　世界之大无奇不有，有时候会尴尬得让你哭笑不得。徐洪河畔有一个不大的村落，由七八个自然村庄组成，这里不敢说是世外桃源，也算得上是人间一块福地。

　　20世纪七八十年代这里出生的双胞胎就有十几对，出生的双胞胎绝大多数是男人英俊潇洒、女人靓丽冰雪聪明。这里也算得上是人才辈出，不仅外人认为这里是块风水宝地，就连这里的本地人也深信不疑。不过，这里也曾因双胞胎闹出过不少笑话和尴尬事。

　　一个月黑风高的夜晚，一户张姓人家的产妇即将分娩。产妇疼得坐立不安，豆大的汗珠不住往下落，男人虽说胆小，可一刻也不敢耽误，赤着脚丫蹚过村后那两条平时让人毛骨悚然的芦苇荡，才把稳婆接来。产妇在稳婆的助产下，生产很顺利，一名可爱的女婴呱呱坠地。稳婆很熟练地将女婴包包裹裹收拾好，让奶奶看了一眼，就送到了母亲怀里。

　　张家这位媳妇前面已生了两个丫头，这一胎又是个丫头，婆婆心里自然很不高兴，当着稳婆的面，婆婆当然也不好说什么了，只说了句："又生个赔钱货！"

　　天已快亮，家中那几只鸡见家中一夜灯火通明，也起得比较早，在院中来回扑腾，闹个不停。婆婆拿起扫把就去打那几只不安分的鸡，还指桑骂槐地骂母鸡："天天还蹲上蹲下的，下几个蛋，孵出来的小鸡，一个公的也没有，净是个母货！"媳妇自然能听出婆婆的弦外之音是在怨自己净给张家生女孩。

　　稳婆接生完女婴，就开始收拾自己的行囊，等着产妇胎盘一落地，就回去伺候家中那两头将要产崽的黑母猪。心中有事，往往会让一个人在等待的过程中变得更加心急火燎。稳婆急切地看了看产妇的肚子，好像一点儿也没小，稳婆用手摸了摸产妇的肚子，好像肚子中还有个婴儿，但又觉得不像，干了一辈子接生婆，自然小心，再急也不能离开。果然产妇又一阵剧烈肚疼，在稳婆的助力下很快生产，但生下来的并不是个婴儿，而是胎盘里包裹着一个大肉球，吓得稳婆撒腿就往外跑，直呼生妖怪了、生妖怪了……

　　一时间，张家媳妇生妖怪的事情不胫而走，满庄皆知。婆婆忙让儿子找来粪箩，打算把这个大肉球送到荒野无人的地方给扔掉算了。但婆婆的儿子张生还没出庄子，就遇到家族里面最年长的老长辈八奶奶前来探个究竟。八奶奶忙命张生把粪箩放下让她看看。八奶奶仔细端详着这个大肉球，边看边自言自语："之前，我在《哪吒闹海》这本书上看过哪吒出生时就是个大肉球。"八奶奶忙命张生找来一根高粱秆，把高粱节瓤子外面的那层皮剥下来，当作刀子使用，将胎盘剥开后，又轻轻地将大肉球剥开，见里面一个男婴双手抱头，嘴唇青紫，好像没有呼吸。

　　八奶奶就是八奶奶，不愧是大户人家出身的小姐，见多识广。八奶奶把男婴盘坐在左手掌心，右手掌心凹起来，不断地拍打着男婴的后背，三四十秒钟后，男婴被拍打得哇的一声哭了出来。不仅庄子上那几个尖嘴好事的妇女带着孩子前来看热闹，还七嘴八舌说："这是前世夫妻没做够的一对，今生又追来做兄妹。"就连旁边不知是谁家的那几只鸡也是不安分，也像是特意前来凑热闹的，又是刨草垛，又是乱飞，还伸长脖子喔喔叫。狗不理二流妈郭赛花闻听鸡叫，看着这孩子缓过气来，还哭得嗷嗷不停，今天也终于说了句好听的人话："这孩子今天遇到八奶奶也算是命大、福大！说不定将来还会有点出息。"郭赛花说话期间，八奶奶就命张生赶紧把孩子抱回家去。

婆婆抱着孙子几乎要流下眼泪，不知是激动，还是后悔自己差点把孙子给弄没了。婆婆小心翼翼、高兴地将孙子放到儿媳妇的怀里，趴在儿媳妇的耳朵旁轻声细语，问长问短，询问着儿媳妇要吃点啥，要不去给她弄碗鸡蛋鳖子。儿媳妇却向婆婆推辞说："娘啊！我不敢吃，咱家的那几只鸡下的蛋净是母的，孵出来的小鸡崽也没有一个是公的，我怕被传染！"婆婆听儿媳妇一说，虽然尴尬，还是高兴地推了儿媳妇一下，埋怨说："瞧你这孩子净瞎说，这鸡蛋怎么会传染呢！"说着婆婆给儿媳妇做了一碗热气腾腾的鸡蛋鳖子，还加了香油，催促着儿媳妇快点吃，好补补身子。

两个孩子到了似懂非懂的年龄，一听庄子上尖嘴好事的妇女们说："前世没好够的夫妻一对，今生追来做兄妹。"就尴尬得把脸涨得通红。随着孩子长大，男婴正如郭赛花所说，福大命大，果不其然考上了名牌大学。

一对李姓孪生兄弟更为离奇，先后相隔十八天出生，就连几家知名的媒体也相继报道，不过后生者是个死胎。另一对赵姓孪生兄弟，老大去帮老小领取大学毕业证时，与老师的对话，表面上看上去平静，但也实属尴尬。当时老小已在南方实习工作，很不方便回母校领取毕业证，恰巧老大大学毕业实习工作地点就在老小所毕业的城市。为了方便，老大就答应老小，前往学校帮助老小领取毕业证。虽然双胞胎兄弟长相一样，同学和老师都认识这位"老小"，但这位"老小"却不认识同学们和老师。同学相见时，很多同学向这位"老小"打招呼，但这位"老小"也只是点点头，示意一下。

我们这里干脆就叫老小为小A吧！有的同学小声地在私下里议论："你看小A才从学校毕业离开我们几天呀，现在就装作不认识我们了！"当班主任喊小A前去领取毕业证时，老师也奇怪，以前师生关系那么好，这次回校，小A好像都不认识大家了，老师也很关心小A，就询问小A："小A你是怎么啦？发生什么事情了吗？刚才我在学校门口看见你，你怎么连句招呼也不跟我打呀？"

老师的问话让这位"小A"连连回答："没有、没有，是我的眼睛现在近视得太狠，没有看见您。"听了小A的回答，老师和同学们带有很多疑问的心才放了下来。这位"小A"领完毕业证，就匆匆离去，一点也不敢在学校逗留，心里害怕小A的同学与老师找自己叙旧再出尴尬。

一对王姓孪生双胞胎兄弟长相更是像极了，若不是你问谁是小大、谁是小二他们如实回答，你根本就分不清谁是小大、谁是小二。转眼间，王姓兄弟到了谈婚论嫁的年龄，父母为小二介绍了一门亲事，相过亲，女方及女方父母要到男方家里看门户，在我们那里这是少不了的一道程序，或者说是一个门槛吧。父母为了简单和怕闹出笑话，看门户的那天，干脆就安排小大这一天不在家。亲事定下来以后，男女双方见面自然频繁，虽说小二父母也多次给小二对象介绍兄弟俩的不同，但小二对象一时间还是分不清。起初，小二对象来家里做客，见到无人的时候，喊了几句小二，想两个人说

说悄悄话，可这位"小二"只是笑了笑，说："你认错了！我是小大。"把小二对象的脸臊得通红。

小大找对象时，小大对象也是分不清谁是小大、谁是小二。诸如上述的尴尬局面也没少出现过。说来也巧，小大这一年光荣地加入了中国共产党，小大不管走到哪胸前都佩戴着一枚闪亮的党徽，从此，小大和小二的对象一见便知。

一起相约为法治传媒插上腾飞翅膀

　　江苏法治传媒智库在火辣辣的七月里诞生，它光芒四射格外的耀眼，同时也是那么的热情、那么的奔放……

　　正是这样的热情，汇聚着一股股暖流，让我们一起携手相约，从四面八方匆匆赶来，集聚在秀美的茅山脚下——江苏省检察官学院，聆听法治传媒智慧专家教授沁人心田的一句句箴言。

　　法治智库犹如一束美丽的霞光，它迎着朝霞，带着晨露，奔向那期待许久的法治康庄之路，一路奔波，一路芬芳。一颗晶莹剔透的露珠从小草叶面上滑落下来，滴进了护根泥土，滋润着它茁壮成长。

　　十三年前，我接触《江苏法治报》，并有幸成为《江苏法治报》一名通讯报道员。而今天，又有幸第一次参加江苏法治传媒智库首期高级研修班学习，激动的心情是不言而喻的，很难掩饰，也很难用言语所表达。只记得参加培训报道的前一天晚上，我收拾了四套单衣和一些学习用品放在了行李里，看了又看，一遍遍地检查着，生怕落下了什么。夜间多次蒙蒙眬眬地睡睡醒醒，准确地说，这一夜我失眠了！

夜间，老婆多次埋怨："看你，这是在干什么呀，你又不是第一次出门，还焦虑得睡不着觉！"是的，我的确焦虑得睡不着觉！因为"江苏""法治""传媒""智库""首期""高级""研修"等一连串富有深厚内涵的词语让我不安，我频频向自己发问，我一个来自苏北的"土包子"能听得懂那些大学教授、专家们所讲的课吗？会不会辜负法治传媒智库和单位派我出来学习的殷切期望？不安之余，也暗暗地为自己高兴，我能够有幸参加这样的一个高级研修班的培训学习，真是一种莫大的荣幸。

听着专家教授法治融合的字字珠玑，宛如炎炎盛夏中的一股清冽甘泉，饥渴中，我掬上一捧，疯狂地喝上了几大口，滋润与凉爽从体内向外散发出全身心轻松舒服和那凉爽的快感。"法治传播内容创新发展、国家法律形象塑造、法治政府形象塑造、司法公正形象塑造、法治社会形象塑造"等一系列法治传媒授课与研修内容，让我的精神与思绪再一次受到洗礼和升华，也让我感慨良多：

> 茅山宝地聚英才，为取真经踏梦来。
>
> 有幸听君言妙语，江苏政法筑高台。

这次学习，让我对法治传媒智库有了更深刻的理解和认识，法治传媒、法治融合不仅是晨曦中的一束霞光，更是雨后那道美丽的彩虹，它散发出五颜六色的光芒，指引着江苏政法传媒同仁奔向未来，奔向新时代，为法治远播、法治中国建设插上理想的腾飞翅膀！

2021年获《江苏法治报》法治传媒智库征文三等奖

红色传承

一踏进江桥这块红色的故土，就有一股浓浓的红色文化气息向你迎面扑来。《我为亲人熬鸡汤》是江桥战斗红色文化传承人——赵传平与队友在自己的农家文化小院里自编自导自演的展现江桥战斗、军民鱼水情深的情景剧，再现了当年当地人民群众为江桥战斗身负重伤的战士们熬鸡汤，滋补着战士们受伤的身体的一个个感人的画面。

传唱红色文化

赵传平年轻时就是江桥村文艺骨干，他深深地爱恋着江桥这块土地，这个新四军龙海南进支队政委韦国清、司令员钟辉、政治部主任兼第一梯队长李浩然等老一辈无产阶级革命家曾经生活过、战斗过的地方。赵传平在担任江桥村支部书记时，就曾想把江桥战斗这块红色土地建成红色革命教育基地，让后世之人传承和铭记当年新四军、八路军艰苦卓绝的革命精神、抗战精神。

为了推动红色传承，赵传平与队友自编自演情景剧《送亲人》

《我为亲人熬鸡汤》等多部戏剧，在泗洪乃至苏皖边界安徽泗县山头、刘圩、黑塔，宿城区龙河、罗圩、陈集，睢宁县的陵城等乡镇村居宣传红色文化、宣传江桥战斗精神。

他不仅用文化艺术的形式教育周边广大人民群众，还用宣讲的形式奔走在周边各个乡镇中小学。每年清明节前后，他都会到各中小学给广大师生讲述江桥战斗的艰苦历程，教育广大中小学师生，发扬革命传统不怕吃苦、勇于牺牲的奉献精神。

踏寻红色足迹

赵传平曾多次联系新四军研究协会，一边历尽艰辛找寻当年参加江桥战斗的老首长、老同志们，以便回忆和再现当年江桥战斗的壮烈情景，一边在当地群众家里搜寻当年新四军、八路军在解放战争、抗日战争时期在江桥战斗过、生活过所留下的遗物。

同时，他还组织本地有志青年、中小学生踏寻当年新四军、八路军在这片土地上留下的红色足迹，让青年一代体验当年新四军在江桥艰苦卓绝的斗争生活，组织他们拉犁耕地，种花生、点大豆、掷手榴弹、听司号、升国旗等活动。

在赵传平的带动和感召下，江苏公路曾多次组织员工2000多人次到江桥这块红色故土体验生活。他们住到原江桥战斗遗址小圩村庄里，与百姓一起聊天拉家常、谈心谈天，同吃同住同劳动，回忆江桥战斗，回忆中共中央代表、中原局书记刘少奇同志。当时他来此传达中央局重要指示精神报告会，驻扎在宿迁的日本兵获悉该情报后，集结了200余人，出动10辆卡车，向江桥小圩呼啸而来。江桥人民与驻地部队和前来驰援龙海南进支队并肩作战，顽强抗敌，最终消灭了敌寇。

建立红色基地

为建立江桥战斗红色革命教育基地，赵传平在担任江桥村支部书记期间，东奔西走，呼吁社会各界传承红色教育，建立江桥战斗红色革命教育基地。他曾多次找过泗洪县新四军研究协会、归仁镇党委政府，并联系过当年参加江桥战斗的一些老同志。

最终，在各方的共同努力下，在泗洪县归仁镇党委政府的大力支持下，投资 60 余万元，于 2015 年 9 月将原江桥小学改建成江桥战斗纪念馆，在江桥战斗遗址小圩东南角炮楼对面建立了"勿忘亭"和江桥战斗纪念碑。建立红色基地，让江桥人民永远铭记革命先烈遗志，激励他们在现代化建设征程中不畏艰险，昂首阔步，踏寻着先烈们的足迹，开创江桥人民幸福的未来！

儿时不知父母难

"小孩巴过年，老人怕花钱。"这句话在我们儿时逢年过节常能听到大人们说。那时尚不能体会到这句话的含义，轮到我自己立门户过日子时，才知道家庭过日子处处要花钱，生活真的不易！

儿时总觉得是父母舍不得给我们兄妹几个买好吃、买好玩的或做上一身好看的衣服。后来自己慢慢长大，居家过日子，才知道父母的艰辛——哪里是父母怕花钱，其实是父母手中根本就没有钱。也因此，儿时的我们就只能眼巴巴地看着家里过得富裕的有钱人家孩子穿新衣、玩鞭炮、买糖果……

而今我们自己成家立业，上有 70 岁的二老要赡养，下有一双年幼的儿女要抚养，为了钱，整天忙得焦头烂额。

今年这才刚刚进入腊月，刚上一年级的小闺女就盼着过年，老婆问闺女，为什么总是盼着过年，她满脸高兴地回答她妈："过年当然好啦，我就可以回老家，给爹爹、奶奶磕头，去大姑、二姑、三姑家，给他们拜年，他们就会给我买新衣服、给我压岁钱！"

作为孩子，只知道别人给她压岁钱，她哪里懂得相互拜年、给孩子压岁钱，这也是一种礼尚往来。我们是这些孩子的大舅、大舅妈，显然给这些小外甥、外甥女的压岁钱只会多、不会少。

每逢春节过年，我们都是要回老家和二老一起过的。还没到过年，我就和老婆商量要多买一些酒菜，让弟弟、妹妹他们一大家子都来玩玩。为了买菜，我和老婆整整逛了三个晚上超市和小菜场，生怕会落下什么菜还没买，害怕他们到家里来吃不好、玩不好。

满满的三蛇皮袋菜，从超市运回家，再搬到四楼，累得我们夫妻俩头上直冒汗，再看看，老婆刚领的 2000 多元工资和我身上的 2000 多元现金已所剩无几。

清楚记得那是腊月二十二日早上，我刚到班上，老婆就打电话告诉我："你老家陈集，大侄子腊月二十四结婚，请你喝喜酒。"腊月二十四那天刚喝完了侄子的结婚喜酒，想要返程，舞台上的戏班子小喇叭里就通知了："各位亲友，新娘子一会儿就到家啦！不要喝完喜酒就走，特别是新娘、新郎的外公外婆、舅父舅母、姑父姑母、姨夫姨母、伯父伯母、叔父叔母更不能走，还要一个一个排队点名让新郎、新娘给你们磕头呢！"

磕完头，刚给完新郎、新娘 200 元"喜封"，弟弟就告诉我："哥，初三，东院四爷家老三引江家，初四，老五的儿子腾辉家，还有腊月二十七我自己买房酬客，初九侄子其勇家小孩满月，让我请你喝喜酒。"一连串的喜酒让我既高兴又惆怅，高兴的是咱老孙家兴旺发达，惆怅的是自己囊中羞涩。回到家中还没坐下，老婆就安排，归仁老家腊月二十六日，本庄上旭旭剪毛头、黄玲家孙子剪毛头，这礼得要去随。

这时才体会到父母活着的时候，经常念叨的"立门户过日子不容易，小孩巴过年，老人怕花钱"这句话的真实含义。

二柱与秀梅

　　太皇河是一个风景秀丽而又有着古老传说的地方，太皇河边上有一个小村庄，庄上的二柱子和秀梅是经亲戚介绍相识，喜结连理的。一辈子夫唱妇随，相亲相爱，夫妻俩相互尊称对方为"二柱哥"和"秀梅妹"。他俩被太皇河两岸人们传为眷侣佳话。

　　1978年冬天，二柱子相亲，家里却一贫如洗，只有两间破旧的茅草房。秀梅的父亲是一个生产队长，秀梅的二叔在淮阴邮政局工作，说起来是个干部家庭，条件相对优越。秀梅在大队宣传队里是一个旱船"心子"，也算是大队文艺宣传队里的一个台柱子。可是秀梅就是看中了二柱子为人憨厚、能干，小伙子长得顺眼！

　　秀梅和二柱子相亲那天，正好赶上之前下了一场大雪，中午秀梅和介绍人赶往二柱子家相亲看门户。秀梅的一双黑色灯草绒带襻的大口鞋被雪水浸湿透。下午又下起了雨来，介绍人和秀梅想回家，可老天不让，只好在二柱子家住下。秀梅和介绍人住到了二柱子的床上，二柱子只好到灶房里锅旁的茅草里过宿。

　　白天，二柱子看到瘦弱的秀梅一双鞋湿透，家中又没有可穿的鞋子给秀梅换，心中很不是滋味，又怕天亮鞋子还是湿的，冻坏了秀梅的脚。于是，二柱子偷偷将秀梅的鞋子用茅草裹好放进自己的怀里，在锅旁的茅草里一觉睡到天亮。天亮后，二柱子又悄悄地把秀梅的鞋子放了回原处。

　　早饭后，秀梅和介绍人要回去，二柱子将秀梅和介绍人送到太皇河堆脚下，介绍人特意加快了脚步，给二柱子和秀梅留下了一点空间。秀梅问二柱子："我的鞋子昨天明明是湿的，一夜后怎么会干了呢？"二柱子不好意思地告诉秀梅："昨天我看你鞋子湿了，家里没钱给你买，又怕你把脚冻坏了，没办法，夜里只好把你鞋子揣在怀里焐啦！""你真傻，这么凉的鞋子，要是把你冻病了，那可不得了！"秀梅心疼地埋怨着二柱子。"我没你想得那么傻，我是用茅草裹好放进怀里焐的。"二柱子憨憨地一笑说。

　　从此秀梅的心就牢牢地系了二柱子身上。次年十月，二柱子借了一辆自行车迎娶了秀梅。从此，二柱子下定决心要让秀梅过上幸福生活，一辈子对秀梅好。说来也巧，没过多长时间，土地就联产承包责任到户。农闲时二柱子便到集市上、县城里转悠，发现农村和县城里的鸡蛋一斤差了两三毛钱，县城里的人买鸡蛋有时候还会数个买，利润会更高。

　　这一发现让二柱子眼睛一亮，回家后以60元的价格向自行车修理铺老葛赊了一辆旧自行车，又向亲戚朋友借了50元，做起了贩鸡蛋的买卖。

　　第一桶金二柱子赚了4.2元。当二柱子走过工人路漂亮衣服摊点时，那鲜红的涤纶化纤布花褂子十分惹眼，可价格不菲，要3.5元一件，好讲歹讲降到了3.1元，二柱子一咬牙将涤纶化纤布花褂子买下，饿着肚子，高兴地回到了家中。秀梅却埋怨着二柱子没钱买这干啥，家中自行车赊账的钱还没还给人家。二柱子对秀梅的好

不仅秀梅心里清楚，就连庄亲庄邻也都看在眼里。二柱子和秀梅的
勤劳能干很快就让他们在庄子上盖起了三间大瓦房，用上了电视
机、洗衣机等家用电器。

这一年暑假，孩子放假刚到家，秀梅就吩咐二柱子中午不要下
田了，赶紧到罗圩街上称二斤肉回来，包饺子给孩子吃。秀梅在家
准备了韭菜饺馅，多次到屋后张望二柱子，望了又望，还是没有二
柱子的身影。秀梅刚转身要回屋里，恰巧庄子西头同去赶罗圩街的
大成哥回来，路过二柱家门口，秀梅就随口问了一句："大成哥，
你看见我们家二柱子回来了没有呀？"本来就喜欢开玩笑的大成
哥，咧着嘴，坏笑着对秀梅说："你二柱哥背着西头小英妈一起赶
罗圩，'下扬州'喽！"话音刚落，二柱子光着脚丫，一手拎着
鞋，另一手握着自行车把，载着小英妈到了家门口秀梅跟前。秀梅
还很客气地邀请小英妈到家里歇歇脚，吃了饭再走。小英妈谢绝走
后，二柱子刚走到屋里，秀梅就埋怨二柱子回来晚了。

二柱子争辩："这不是走路遇到了小英妈了嘛，让捎带她一
程，结果自行车爆胎了，修车子给耽误了。回来时，又恰巧上游人
家放水，河里涨水，坝子上又不能骑车，只得扛着自行车过来，
自行车扛过来后，又回去将小英妈背了过来。"秀梅急切地问二柱
子："小英妈是你背过来的？""是呀！怎么了？"二柱子很诚恳
地回答道。秀梅一头扑倒在床上，眼泪扑簌簌往下落。

二柱子被秀梅这一闹，性子一急，一口气憋了过去。秀梅和孩
子惊慌失措喊来门旁的婆婆，婆婆掐住二柱子人中，大喊二柱子乳
名，又让孩子上房揭瓦大喊"爸爸、爸爸"。喊了半天，二柱子才
返过气来，婆婆责问儿媳妇到底是因为个啥把二柱子急得气憋过去
了，一边埋怨，一边念叨："二柱子性子不好，小时候和同伴吵架

就会'绵羊大憋气'。你听大成子瞎开玩笑,我们家二柱子是那样的人吗?你们结婚这么多年,难道你还不了解二柱子吗!"

"娘,就是二柱子背小英妈过河,我才一时受不了的!"秀梅向婆婆解释道。"人家英子妈是个妇道人家,过河不便,柱子将人家背过河也没什么错呀!英子爸要像你这样爱'吃醋',还能过吗?我知道你们夫妻恩爱,感情深,以后你们夫妻俩要相敬如宾,家和才会万事兴,今天差一点就酿出大祸来了!"婆婆语重心长地告诫了二柱子和秀梅夫妻俩。

从此,二柱子和秀梅相敬如宾,互相包容,再也没有吵过架和怄过气,直到年过花甲,儿孙满堂,都相互尊称对方为"二柱哥、秀梅妹"。

2020年11月13日刊发于《宿迁晚报》

二嫂学法

二嫂今年 56 岁了，和蔼消瘦的面容，却又带着一种内强外柔的倔强性格，平时喜爱看电视、做家务与针线活，只上过小学四年级，很少见她看书。

去年 8 月一天，敬修和妻子回乡给母亲周年祭扫，远远就看见二嫂在门前杨树下看书，真是让敬修好生惊奇。走到二嫂跟前，二嫂才察觉他俩。二嫂忙把手中书籍放在板凳上和他们打招呼，邀请他们到屋里坐。

敬修忙将二嫂的书籍拿起来问二嫂："二嫂，平时没见你看过书呀，现在怎么看起《劳动保险法》这本书来啦！"

"兄弟，你不知道，我也是最近才爱上看这书。今年收麦时候，你二哥从板皮厂下班骑电动车回家，骑到我们村水泥路上时，有人家在水泥路上晒小麦，小麦将你二哥连人带车滑跌倒，把你二哥小腿骨摔断了，耽误了上班挣钱不说，还花去医药费 6000 多块钱。

"当时我找晒小麦的户主，晒小麦户主说不怪他们，是你二哥骑车走人家小麦上才摔倒的。当时为了及时给你二哥治疗，我也没有和他们斤斤计较，过后想想俺这钱花得有点冤。

"你二哥出院后，一直在家休养，听庄邻说，像你二哥这种情况，可以找板皮厂进行工伤赔偿。当时，我兴冲冲地找到板皮厂老板理论你二哥这事，板皮厂老板却说：'你老公是下班回家路上发生的摔倒受伤事故，又不是在我们厂里劳动时受的伤，这与我们厂里有什么关系呀！'

"我被板皮厂老板说得哑口无言，后来还被他们羞辱一番，说我是个地道农村没文化、没知识的法盲老太婆！

"回家后，因你二哥这事，我心里总是纳闷，像有个'疙瘩'堵得慌。于是，我就满庄跑，东家打听、西家打听的，也没打听到什么好结果。

"唉！也是，庄子上有文化、有知识的年轻人都到外面去打工赚钱了，在家的都和我们年龄差不多大。大家说法不一，有的说怪晒小麦户，有的说能找板皮厂讨说法，也有的说干脆自认倒霉算啦！

"后来，我去街上买菜，就询问了一些年轻人，听他们说：'这个事具体要看劳动保险法和工伤赔偿条款是如何规定的！如果书籍不好买，可以到网上下载。'

"我根本就不懂什么是下载，后来人家又指给我说：'可以到打字复印社找他们帮忙，卜载你需要的法律条款。'

"于是我跑到打字社说明来意，花了10块钱下载打印了《工伤赔偿条例》，又到新华书店买到了这本《劳动保险法》和另外一本《交通法》。

"自此回家之后，我每天忙完家务，连饭都吃不迭，就忙着看《劳动保险法》和《工伤赔偿条例》，我一字一句地细读和推敲。

　　"我从中发现像你二哥这事，晒小麦的和板皮厂老板，这两个我找谁都有理。

　　"找板皮厂老板理由是：你二哥在他们板皮厂上班都两年多了，并且是在下班途中发生的事故。根据《劳动保险法》中的条款规定，职工在上下班途中，在合理地点、合理时间内发生交通事故应算是工伤。

　　"你二哥上班的板皮厂到我们家有7.6公里，骑电动车一般需要20多分钟到家。你二哥每天上午是12:00下班，出事的时候，你二哥打电话给我，我就急忙赶去，到出事地点，就急忙拨打120救护车前来抢救，送到医院的时候是12:40，你二哥出事的时候应该是12:20左右，出事地点就在我们村唯一的一条水泥路上，路况又好，路程又近，正好符合工伤赔偿法律条款规定。

　　"我找本村晒小麦的户主理由是，根据《交通法》的条款规定，不允许在公共交通道路上打谷晒场或设置危害交通公共安全的障碍，对因交通需要在道路上设置障碍的，未提前告知或竖有醒目标示、标志牌的要负相关法律责任。

　　"他说你二哥是自己骑车，骑到小麦上滑跌倒，不怪他们，表面上听是不怪他们，其实他们说的是没有道理的，要不是他们在公共行驶的道路上晒小麦，你二哥能滑跌倒，出这事吗！

　　"在我第二次找板皮厂和晒麦户两家都不愿负责的情况下，我就到镇里找到了司法所和法律服务所，把你二哥下班回来摔倒这事给说明了一下，他们安排我先回来，并且答应会尽快调查处理好这件事。

　　"两天后，司法所来人找我，告诉我说：'我们给你们调解处理，方案是板皮厂承担你老公在医院里除了大病合作医疗报销以外你们花去的所有医药费，并补贴他 3 个月生活费 1200 元，你照顾他的护理费 3 个月 600 元，他 3 个月务工损失费 3900 元，合计人民币 5700 元。如果你们同意，就跟我们去司法所矛盾调处中心，我们通知板皮厂老板来，一起签署调解处理协议书。'

"司法所的人还说：'至于晒小麦户，你就不需要找他啦，你们是本村人，抬头不见低头见的，以后会给你们之间造成不必要的麻烦和矛盾，我们和板皮厂老板已经找过他啦！我们另做处理。'"

二嫂说到此处时，脸上露出了璀璨的笑容，她为自己学法而高兴！她更加为自己不仅学了法，还能用法为自己老公维权而感到光荣和自豪！

2016 年刊发于《分金文学》夏季号

2013 年获"星河尚城杯"泗洪县首届法治文化作品创作大赛一等奖

折翼的天鹅

　　爱情对于任何一个人来讲都是一种令人向往的感情，都希望自己有一个很好的爱情归宿，这对俞芳来讲也不例外。

　　俞芳还是姑娘时，就如同一只美丽的小天鹅，不知有多少媒婆踏破了俞芳家的门槛，向俞芳母亲提亲，用络绎不绝来形容一点也不过分。

　　可俞芳对自己的婚姻有着自己的想法，想自己轰轰烈烈谈一场恋爱，选一个自己心仪的意中人。当然了，俞芳的母亲朱春兰也就这么一个宝贝疙瘩女儿，朱春兰也很尊重女儿俞芳的想法。

　　俞芳在镇上一家效益很不错的酒厂上班，很快一个叫钱加利的小伙子走进了她的视野，鲜花与甜言蜜语让俞芳像只小天鹅似的被宠着，很快她就坠入了爱河。

　　这一年俞芳27岁，她和丈夫钱加利都在本地上班。他们有一个4岁的女儿，两人早晚都围绕着女儿甜甜地笑。女儿奶声奶气叫"爸爸妈妈"的声音，更是让这个温馨无比的小家庭充满着欢声笑语，显得格外的幸福快乐！既让左邻右舍羡慕，也让厂里单身同事向往。然而，天有不测风云，人有旦夕祸福，厄运却悄悄降临在这个幸福的家庭。

　　就在俞芳 30 岁的那一年，11 月的一天，俞芳身感不适，就到本地一家卫生服务站就医，经医生检查，确诊为感冒，医生遂开药输液。

　　输液期间，俞芳突发呼吸微弱、全身发软，卫生服务站急呼"120"将其转入县人民医院抢救，途中出现呼吸、心跳停止的现象，医务人员随即实施心肺复苏手术。

　　俞芳入院后，随即做了气管切开术，院方告知俞芳家人："病人病危。"经医院抢救后，俞芳有了呼吸，但一直神志不清，始终处于昏迷状态。后又转入省城一家医院继续治疗。其间，俞芳病情也多次经多家医院专家会诊，并对症治疗，但她仍然神志不清，处于植物人状态，保持一级护理。

　　此事因属于医疗事故，经当地医疗调解部门调解，双方达成协议，责任卫生服务站除了支付俞芳住院所花的医疗费用 11 万元外，另赔偿受害人俞芳 12 万元。俞芳所在的社区居委会也很是同情俞芳的不幸，捐赠了 5 万元。

　　第二年 3 月，俞芳和丈夫钱加利居住的房屋被拆迁，获得征收补偿款 28 万元，这些钱全部被俞芳的丈夫钱加利掌控。谁也不会想到，钱加利面对呈植物人状态的妻子，心里打起了小九九。

　　这一年 7 月里的一天，钱加利撇下俞芳和女儿，将自己掌控的 51.6 万元全部卷走，隐藏到外地生活，玩起了失踪。

　　俞芳的母亲看到自己昔日如同一只美丽的小天鹅的女儿，如今竟落到了这般境地，一阵阵酸楚涌上了心头。由于朱春兰太心疼女儿了，就用小平板车独自将女儿接回家中照顾并继续治疗。

　　几个月后，俞芳经过母亲朱春兰的精心照料，奇迹般地苏醒过来了。但是她讲话口齿不清，生活不能自理。俞芳的苏醒更加坚定了母亲花钱给俞芳治疗的决心。

俞芳母亲为了给宝贝女儿治病，不仅花掉了家中的所有积蓄，还变卖了家中所有值钱的物品。俞芳母亲眼看着家中债台高筑，实在是无钱可生、无计可施，就让自己老公，也就是俞芳的继父外出蹬三轮车挣钱来维持生计，这样也只能勉强维持家中清贫的生活。

俞芳母亲是一位很普通的农家妇女，家里的土地被集中后租赁给他人规模耕种，为了给女儿医治，她很想出去务工赚钱，但女儿又需要她的照顾，这束缚着她不能外出。

想到女婿钱加利将那么多现金全部卷走，没有给俞芳留下一分钱，而且出走后就再也没来看望过俞芳，俞芳母亲既生气又恼火。

为了今后能继续给俞芳治疗，朱春兰就推着坐轮椅的女儿四处打听求助，先后找过妇联、信访、公安等反映此事。

一个很偶然的机会，俞芳母亲看到电视上的法律援助公益广告宣传，得知国家有一个免费为穷人打官司的专门机构——法律援助中心，这不仅坚定了俞芳母女俩维权的信心，也点燃了她们依法讨回公道的强烈愿望。

这一年春节刚过，朱春兰就带上干粮，背上行囊背包，推着坐轮椅的女儿到县城寻求法律援助。

新年上班的第一天，县法律援助中心工作人员刚打开门，就接待了这对母女俩。

起初，法律援助工作人员看着蓬头垢面的母女俩还以为是讨饭走错了地方，经过仔细询问，才得知母女俩是来向法律援助中心求助的。

俞芳母女俩居住地距离县城30多公里，母女俩推着轮椅一路走来，在路上走了近两天，身无分文，饿了就啃一点自备的凉馒头，困了就找个避风处露宿。

当法律援助工作人员看到朱春兰从挎包里取材料时露出挎包里还剩下的两个干瘪的凉馒头时，那一刹那，心里像是被针深深地扎了一下。

一位工作人员从身上掏出了 100 元现金递给朱春兰，让她们母女俩坐车回家，并告诉她们法律援助中心会尽快调查处理此事。母女俩临走前，工作人员又将法律援助中心电话号码给了她们，并嘱咐她们有事打电话给法律援助中心。

针对此案，法律援助中心主管部门专门设立援助"俞芳诉钱加利遗弃一案"专案组，决定尽快为俞芳讨回公道，随即指派江苏永明晖律师事务所高士勇律师承办此案。

针对此案，专案组一直认为，以遗弃罪并附带民事赔偿起诉钱加利是成立的，不过，若是钱加利不拿钱出来该怎么办？俞芳目前的状况是需要钱来治疗的。专案组经过仔细分析研究后，最终一致认为，只要钱加利能把补偿款拿出来赔偿，刑事责任可以不再追究。

可钱加利隐藏在外地，法律援助中心又没有这个职能将钱加利传唤到案。最后，决定通过公安部门协助找人。法律援助中心及承办律师多次前往事发地派出所寻求协助找人。最终，在法律的威慑下和钱加利家人的帮助下，顺利将钱加利传唤到案，并进行了询问取证。派出所对钱加利采取了强制拘留措施。

起初，钱加利及其家人并不愿意拿钱出来，声称钱款已被钱加利挥霍一空，法援中心与承办律师从法理不容、情理难容、道德说不过去等方面对钱加利做思想工作，晓之以理，动之以情，向其亲

属及钱加利本人说明此事违法后果的严重性及其利害关系等。同时还向钱加利说明，其岳母和妻子还念以前一段情，只要钱加利肯把钱拿出来给妻子治病和生活，就放弃起诉钱加利，并答应俞芳与钱加利办理协议离婚手续。

经法律援助中心和公安部门的共同努力，钱加利同意支付俞芳经济补偿。随后，俞芳同意与钱加利协议离婚，并由朱春兰协助代为办理。双方签订了协议，钱加利及其钱家人现场补偿俞芳 25 万元，俞芳保留对孩子的探望权。

2021年11月18日刊发于《宿迁晚报》

为爱买单

　　一阵微风吹过苏北这个桃花环抱的小村庄，两行高大的杨树夹着一条笔直的三米五宽水泥路伸向远方……

　　杜莹莹走在这条路上，虽说是去接受司法机关惩罚，为自己的重婚而买单，但内心还是很清楚的，心情不是那么的沉重，相反觉得如释重负。毕竟过了这一劫，自己就能与相爱的人长相厮守，过着永远宁静、不再整天担惊受怕的日子了。

　　那一年夏天，杜莹莹在一个远房亲戚的介绍下，认识了本地小伙李深明，双方确立了恋爱关系。第二年5月，李深明与杜莹莹在山东老家登记结婚，办了一场很体面的婚礼，宴请了同学和亲朋好友。婚后仅一个多月李深明就返回海南工作了。

　　杜莹莹婚前在石家庄当护士时认识了苏北的张淮军，双方关系甚好。某天夜里张淮军在执行单位一项紧急任务时，没有来得及向杜莹莹告别，且这一去就是九个月，完全与外界隔离。张淮军无法与杜莹莹联系，心中很是苦恼。而杜莹莹对张淮军的不辞而别也是非常怨恨，觉得他是个无情无义的人。

　　当年冬月，张淮军任务结束返回原单位时，杜莹莹早已返回山

东老家，就在张淮军也要返回江苏老家的时候，却从一个相互熟悉的朋友手中获得了杜莹莹的 QQ 号。通过网络，张淮军与杜莹莹这两位故人再次重逢，像两颗火球碰撞在一起，燃烧着火花，感情很快升温。

这一年从夏天到秋天，杜莹莹与张淮军见面两次，简直就像一对热恋中的情侣难舍难分。到了冬天，杜莹莹干脆提着行李到苏北那座小县城去找张淮军，张淮军喜出望外地带着杜莹莹回家见了父母，向父母说明他俩是在以前工作中相识、相知的，并恋爱了。张淮军的父母看着杜莹莹很俊俏的模样，满心欢喜。

第二年五一劳动节，张淮军的父母按照当地习俗，很高兴地为儿子张罗举办了婚礼，邀请了很多亲朋好友前来祝贺。次年 3 月，杜莹莹与张淮军诞下了一个可爱的小宝宝。公公婆婆整天乐呵呵的，喜不胜收，一再催促着儿子儿媳妇去领结婚证，好为孙子上户口，将来入园、入学方便。但老人的每次催促，都被杜莹莹搪塞谢绝了。

但纸终究是包不住火的。这一年 6 月，杜莹莹原配丈夫李深明在对其中隐情有所觉察的情况下，为了尽快解决这场婚姻纠纷，只身从海南赶到了苏北这座小县城，却怎么也找不到杜莹莹。深感孤独无助的他，无奈之下决定走法律途径来维护自己的合法权利。

法律援助工作人员得知李深明不幸的遭遇后，立即成立了专案组，并启动法律援助绿色通道程序，指派永明晖律师事务所张晴律师为其援助讨说法。

张律师接案后，随即约见了李深明，详细询问了事情的前因后果和来龙去脉。张律师立即意识到此事非同一般，此案涉及刑事犯罪，还涉及赔偿等问题。此前，当事人和杜莹莹也多次通过电话想要解决此事，但都没有谈妥。

张律师通过对这桩婚姻案综合分析之后，向李深明建议，应立即向公安机关报案，并向李深明说明："可以请求你所在单位来函维权，这样会促进你的事情快速彻底解决。"

当公安机关询问张淮军及其父母时，张淮军及其父母这才恍然大悟，之前每次催促杜莹莹去领取结婚证都被她搪塞的真正原因原来是这个！

公安机关很快传唤控制了杜莹莹，根据法律援助律师意见，对杜莹莹采取了取保候审强制措施。这时，张淮军及其父母才意识到事情的严重性，立即前往海南找李深明，答应其赔偿的请求，愿意赔偿李深明与杜莹莹结婚前后花掉的6万多元现金和各种损失等共计16万元。张淮军父母亲双双恳请李深明看在杜莹莹的孩子还小，不能离开母亲的份上，原谅杜莹莹的过错。

李深明在张淮军父母亲的恳求下，看在杜莹莹认错悔过态度较好，加之其孩子幼小，还不能离开母亲的份上，就原谅了杜莹莹。为杜莹莹写下了谅解书，对杜莹莹的重婚行为表示谅解，个人不再追究杜莹莹的法律责任。

人民法院对杜莹莹重婚一案进行公开审理，判处杜莹莹有期徒刑六个月，缓刑一年。

2021年11月26日刊发于《宿迁晚报》

冰冷与温暖

　　人人都说冰冷与温暖是两重天，也有人说法律是冰冷的、无情
的。少年张幼生的犯罪和他父亲试图为其顶包替罪，被冰冷的法律
无情地惩罚，顶罪的荒唐的背后，却又彰显着冰冷的法律有温度、
有爱心、很温暖。

一

　　事情还要从头说起。那一年，张幼生还不满 17 岁，他父亲张
泰春到宿迁办事，张幼生顺便跟随父亲到宿迁游玩。他趁父亲办事
期间不在，独自将父亲重型半挂牵引车开出去兜风，沿徐宁路公里
由南向北行驶。

　　车辆行至归仁三里庄路口时，张幼生突然发现前方同方向行驶
的一辆变型拖拉机突然减速，他也赶紧刹车，可他发现时距离已经
太近，没有来得及刹住车，撞到了变型拖拉机尾部，致使变型拖拉
机失控，撞向路边电线杆和刚从公交车上下来、要到三里庄走亲戚
的刘明宇、韩雪花夫妇俩，导致刘明宇抢救无效死亡。

散　文

年少的张幼生见状弃车逃走，害怕之余，赶紧给父亲打电话，张泰春在接到儿子电话后，立即让朋友赶到现场看个究竟，自己到交警队掏出驾照和车辆行驶证，承认肇事车辆是自己的，试图为儿子顶包认罪。在公安机关丝丝入扣的询问下，张泰春支支吾吾，最终道出了实情。

原来张幼生没有驾照，张泰春害怕儿子坐牢，考虑到儿子年龄太小，以后的路还很长，自己又是重新组建的家庭，儿子是前妻所生，心中害怕老婆反对为儿子这次闯祸赔偿买单，心里一时很矛盾，才试图为儿子顶罪，谎言儿子不知去向。

经公安机关侦查，张泰春包庇儿子，按照《中华人民共和国刑事诉讼法》规定，决定对张泰春采取取保候审。此时，张泰春很是后悔，悔恨儿子年幼不懂法，自己也跟着犯糊涂，说谎话。

二

三里庄王言兵电话联系好泰兴的妻侄女和妻侄女婿刘明宇、韩雪花来家中做客，很早就做好饭菜等待他们夫妇俩的到来。王言兵按时间计算刘明宇、韩雪花夫妇俩早应该到了，可迟迟就是没有到来。于是他干脆派孩子到路边去迎接，却传来了刘明宇、韩雪花夫妇被撞的噩耗。

从此，刘明宇再也没有醒来！王言兵还听庄子上人说肇事司机跑掉了，赔偿问题也迟迟没有得到解决。于是王言兵就抱着试试看的心理找到法律援助中心，向法律援助中心诉说亲戚的不幸遭遇。

援助中心在接到诉求后，立即成立了专案组，选派经验丰富的专业律师依法援助受害人。

经调查得知，张幼生家庭比较复杂，父母离异，张幼生跟随父亲生活，父亲又重新组建了家庭，继母思想不通，赔偿是个问题。专案组经过再三考虑，还是决定做通张幼生继母的思想工作。工作人员从母性、关心孩子、关心青少年、关心未成年人成长等方面做其父母思想工作，又从分析法理方面进行解析，父母是孩子的监护人，对孩子监护不力，就要承担相应法律后果和赔偿责任。

经过援助律师这么一说，张幼生父亲和继母才意识到孩子闯下祸端与自己监护不力有责任，最终答应依法赔偿。

三

为了挽救这位驾车肇事的轻狂少年，法律援助中心援过原告又援被告，继续指派专案组为肇事少年张幼生的刑事犯罪进行法律援助。

援助律师按照规定及时会见了张幼生及受害当事人家属。张幼生得知父亲为其顶包受到了法律惩处，自己心里也很后悔，在逃回河南老家后，主动到公安机关投案自首，并与父亲张泰春到受害人近亲属家中赔礼道歉，主动承认错误，得了被害人家属谅解。

依据《中华人民共和国未成年人保护法》和《最高人民法院关于审理未成年人刑事案件具体应用法律若干问题的解释》中的相关规定："对违法犯罪的未成年人，应坚持教育为主，惩罚为辅的原则。"以及《中华人民共和国刑法》第十七条规定的"已满十四周岁不满十八周岁的人犯罪，应当从轻或减轻处罚"和《刑法》第六十七条规定的"犯罪以后自动投案，如实供述自己的罪行的，是自首。对于自首的犯罪分子，可从轻或者减轻处罚"，援助律师出具了辩护意见书，向司法机关陈述了张幼生家庭环境的特殊性。其父母已离婚，父母各自忙自己的工作，张幼生没有得到严格的管理和良好的教育，犯罪时只有 16 周岁，辨别是非和控制能力差，一时糊涂才驾车导致发生交通事故，且张幼生之前也一贯表现良好，此次是初犯，悔罪态度也较真诚，又主动向受害人家属赔礼道歉，也进行了赔偿，并且得到了被害人近亲属谅解。

　　因此，援助律师建议司法机关对张幼生减轻处罚，并适用缓刑。最终，司法机关采纳了援助律师的意见，依法判处张幼生适用缓刑。

小说

XIAOSHUO

我的婚姻我做主

婚姻对于任何一个人来讲都是一件大事，无论是在封建社会，还是现代社会，人们都在追求着自己的婚姻自由。在寻求另一半配偶的过程中，尤其是丧偶或离异选择再婚，总会遇到一些麻烦，甚至会遇到难以想象的阻力。为了追求自己的真爱，他们会毫不顾忌子女、父母的阻拦，冲破世俗枷锁，为自己的婚姻做主，寻找幸福快乐。

一

徐洪河畔的王雪芹死活也不愿意替哥哥王成海换亲，母亲薛素英在当地是个出了名的不讲理，老少爷儿们送她绰号——歪厮缠。歪厮缠为了儿子能娶上媳妇，整天以泪洗面，劝说王雪芹给哥哥换一门亲事，好为王家这根独苗延续香火。

父亲王大年是个老实人，俗话说"老实人多干蛋"，人送他绰号——老闷头。老闷头这辈子是薛素英叫干啥就干啥，真是指哪打哪，"百发百中"，从不走样。老闷头和歪厮缠眼瞅着儿子王成海已经 30 岁了，亲事还没着落，家中几亩地的收成紧紧巴巴只够一家人过日子，哪还有余钱给儿子讲亲事。

眼看着庄子上大多数的大龄小伙子在找不着对象的情况下，家中都拖亲带友、东挪西借地凑钱，让孩子跟随亲戚朋友到云南、四川找对象。东庄的大刘子、小狗子他们都个个从云南带回了媳妇，已生了孩子，成家立业。这让王大年心里更加着急。

俗话说，"天干没有好露水，人穷没有好亲戚"。王成海两个舅舅家、一个姑姑家都是人多劳少，人均土地也是少得可怜，一家只够一家糊口过日子的。愁得王大年从地里干活回家，就靠在那三间麦秸盖顶的泥墙墙角下吧嗒、吧嗒抽着旱烟。老两口儿让女儿王雪芹给儿子王成海换亲，也实属无奈之举。

可是王雪芹就是死活也不依父母给哥哥换亲，王雪芹对自己的婚姻有着自己的追求。在父母的紧逼下，她只好向父母坦白自己已经有了对象，就是东庄开手扶拖拉机给大家拖砖、瓦、水泥、沙子、石料的跑运输的张建华，他们两年前就恋爱了，因为哥哥王成海还未成婚，她和张建华才决定等一等再结婚。

老闷头夫妇俩听到女儿的说法，如同晴天霹雳，大脑嗡嗡作响，看来这家真的是要断绝香火了。歪厮缠与王大年一合计，干脆将女儿看起来，不让王雪芹赶街上集和晚上东西庄上赶电影场子，整天让王雪芹在家操持家务，不许离家半步。

这样一来，张建华和王雪芹很长时间都见不上一面，每当张建华的手扶拖拉机回来经过王雪芹家门前的时候，张建华都故意将速度换低，加大油门响声，引得王雪芹从门口张望张建华。当歪厮缠和老闷头发现王雪芹的张望和张建华故意加大油门响声的行为后，免不了对二人进行责骂。

久而久之，王雪芹出现了精神抑郁，在家寡言少语，不像以前是那么的活跃，精神十足，一打听到晚上哪个庄子上有电影，就带头约成串的小姐妹前往观看。现在的她是整天在家操持着家务，烧锅做饭、喂猪打狗、看门撵鸡。闲暇之余就坐在门旁织织毛衣，听听收音机。这天，收音机里的一曲《摘石榴》重重地在王雪芹的心理猛击了一下，荡起了一圈圈涟漪。

夏天到了，王雪芹家的豆地出奇地生长了很多杂草，歪厮缠和老闷头整天扑在地里锄地、除草，家中盐坛、油桶已经见底。王大年夫妇忙于田里，顾不上赶街上集去置办这些家中生活必需品。眼瞅着闺女王雪芹很长一段时间以来在家都很安分，也不像以前那样整天在胡思乱想，王大年就决定让女儿到街上置办一些生活用品。

王雪芹在街上很快就置办完家中生活必需品，就在街上东张西望，来回转悠也不回家。猛然间，一下看到人群中张建华的二叔也在粮食市场里走动。王雪芹奋力几步撵上了张建华的二叔张宜松，一把拽住了张宜松的小褂角，喊了一句："二叔你也来赶集的？"张宜松先是愣了一下，然后慢慢才反应过来，原来是之前和自己侄子张建华谈恋爱的王雪芹。张宜松反应过来后连忙搭话："就是的，我来卖一袋陈玉米。"

张宜松接着又问："你还有其他事吗？"

王雪芹开口叫了一声二叔："我请你带一句话给张建华，我们谈了两年恋爱，这好几个月没见面，不知他是怎么想的，他心里还有没有我，如果他心里还装着我，就让张建华今天晚上到我家门前猪圈旁边等我，我每天晚上都会去喂猪的。"

王雪芹说完便与张宜松告别，扭头就走，她一刻也不敢停留，回到家中重新操持着她的家务，择菜、抱草、烧锅做饭。很快晚饭过后，夜幕降临，王雪芹家猪圈里那一大一小的两头猪饿得不耐烦了，急得嗷嗷直叫。王雪芹手脚麻利地刷过锅、洗过碗，将刷锅洗碗的下水与中午备好的野菜、麦皮等放在一起，搅和一下，就端进了猪圈里。两头猪的嗷嗷直叫声瞬间变成了吧唧吧唧的抢食声。

王雪芹趁着看猪吃食的当口，与张建华互诉相思之苦，随即二人又决定一起私奔，时间就在明晚这个时候。王雪芹让张建华先回去准备，明天先到泗洪车站买两张前往张建华他大姑家所在地安徽淮南的车票。为了防止家人追找，王雪芹决定来个南辕北辙，两个人骑着一辆自行车顺着东路洋青路走，让张建华先与父母说好，将自行车钥匙给他父亲一把，自行车就锁在东风饭馆门旁。随后，王雪芹就端着喂猪盆回到了烧锅屋。王雪芹和往常一样解下了围裙，打上了一盆干净的凉水，洗完脚脸后，便回到自己屋里睡觉了。

第二天，王雪芹和往常一样，烧锅做饭、喂猪打狗、看门撵鸡。下午，王雪芹趁着父母和哥哥不在家的工夫，把自己随身换洗的衣物收拾好，打成一个简单的包裹，装在一个蛇皮袋里，悄悄地放到猪圈旁边的那棵南瓜秧下。

晚上，王雪芹和往常一样端着一盆猪食去喂猪，将猪食喂给两头猪后，就与张建华一起，骑上一辆自行车私奔了。

王雪芹的母亲歪厮缠觉察到女儿很长时间没有回屋，就起来到屋后的厕所里去看看，结果没有，又到猪圈里去看看，猪已安稳睡觉了，两头猪好像早已吃过食，猪圈里一片漆黑，黑灯瞎火的什么也看不见。王雪芹的母亲歪厮缠赶紧回屋拿来了火柴，划亮了火柴，什么人也没有看见，只看见猪圈旁边的那条三条腿的破板凳上放着王雪芹解下来的围裙。歪厮缠害怕女儿是到门前的小河边去洗手时遇到了什么不测，就赶紧叫来了王大年到门前的小河沟里去看

看，老闷头在小沟的水里摸了半天，什么也没摸着。歪厮缠又提来了马灯，照了半天也没有发现水边有滑擦的脚印，急忙返回王雪芹的屋里。只见王雪芹的床上很乱，旧箱子里收藏的那件舍不得穿的粘胶布花褂子也没有了。这时，王大年夫妇俩立马意识到女儿可能与张建华私奔了。

王大年夫妻俩直奔张建华家。一阵咚咚咚的急促敲门声后，才从屋里传出来张建华的母亲刘翠梅的询问声："是谁呀？"

"赶紧起来放门，我们家雪芹是不是来你家了？"王大年气势汹汹地追问着。刘翠梅一边开门，还一边若无其事地询问着："你家雪芹没来我们家呀，出什么事了吗？"

歪厮缠见门开了，就一头冲进屋里，一边寻找，一边还嚷着："赶紧让你儿子张建华出来。"

刘翠梅道："我家建华不在屋里睡，在拖拉机棚子里睡，看拖拉机呢。"

王大年夫妻俩见屋中无人，又冲到拖拉机棚子里，棚子里哪里有闺女和张建华呀，只见一张空空的小床，床上根本无人。

随后，王大年夫妻俩就向张建华父母要人，硬说王雪芹是被张建华拐走，带私奔了。

刘翠梅看歪厮缠夫妻俩找他们家要人，又不讲道理，火不打一处冒，就反问歪厮缠："你是什么时候，哪只眼看到我们家建华把你们家的王雪芹带私奔了的？"

"今天不管你怎么说，你们家非赔我们家人不可，只要你家把王雪芹交出来，咱就两拉倒，如若不然，我们就赖在你们家不走了。"歪厮缠发着狠。

刘翠梅一看歪厮缠夫妇俩不但不讲理，还要耍赖，就到庭院拍着巴掌，蹦着、跳着喊："庄亲庄邻，大家都来看看，他们家王雪芹不见了，来找我们家要人，有没有这样的道理！我看我们家的建华还是被他们家王雪芹拐去私奔了呢，这日子让我们以后怎么过呀！"

双方争吵声惊动了左邻右舍，张建华的二叔也赶来劝架，让王大年不要吵，尊重孩子们意愿，如果真是王雪芹这孩子失踪丢了，赶紧到派出所里去报案。

众乡邻你一言我一语地窃窃私语："闺女深更半夜都跟人家私奔了，还有什么可闹的？好像怕人不知道似的！"王大年夫妻俩在众乡邻的白眼和议论下，感觉到自己无面子，又害怕坏自家雪芹的名声，气哼哼地走了。老闷头回家就喊上儿子连夜到归仁、靳桥等要道口去堵截，最终没有拦截到王雪芹和张建华。他气势汹汹回到家，发誓从此与女儿一刀两断，只当从没有过这个女儿，老死不相往来。

二

王雪芹和侄子张建华的到来，既让张建华大姑张秀彩一家人惊喜，又有点忧虑。惊喜的是两个孩子冲破了父母不同意他们的婚事枷锁，终于在一起了；忧虑的是家中人多劳少，三个孩子都在上学，家中负担太重。张秀彩和丈夫夜间合计，先把二子和三子住的地方给收拾出来，让建华和雪芹夫妻俩住，二子和三子到老大屋里住，老大每个星期才回来一次，弟兄三人挤一挤，将就一下就照（可以、行）了。又盘算着建华以前在家搞过运输，很有经验，看看建华想不想到码头上用小板车给人家送货，如果建华同意，他

们再给他置办一辆小板车。

很快，王雪芹和张建华在安徽淮南姑妈家的一间小屋里过起了自己的小日子，张建华在姑妈和姑父的安排下，很快成了码头一名送货的搬运工。虽说钱赚得不多，但也足够小夫妻俩零用、吃穿等生活开销。

一晃七八个月已经过去，王雪芹怀孕的身子也越来越重，她不能帮衬丈夫张建华了，只好在家养胎，每日简单地给张建华洗洗衣物、烧烧饭，做一些简单家务。张建华想到很快孩子就要出生，老婆自己在家很危险，姑姑一家为了生计也忙得不可开交，晚上就与姑姑商量，决定写信回家让妈妈过来住上一阵子，伺候雪芹的生产。

张建华和王雪芹到安徽淮南的第二年，就在春暖花开的4月间，王雪芹诞下了一个可爱小生命，张建华为儿子取名为"小强"，学名为"张志强"。小强的到来，为小家庭增添了很多欢声笑语，这个小家庭也充满了幸福。

转眼之间两年过去了，张建华和王雪芹商量，孩子一天比一天大，以后需用钱的地方会越来越多，孩子都1岁了，估计岳父母的气也早该消了，也许见着可爱的小外孙小强，不但不会生气，还会隔辈分亲呢！张建华和王雪芹夫妻俩决定收拾行囊，踏上回家的车。王雪芹抱着小强依靠在张建华的肩膀上。公共汽车在从淮南开往回家的石子路上，一路颠簸，王雪芹一点困意也没有，自己虽和建华说不怕，但心里还是忐忑不安的。想想父母会不会原谅自己与建华的私奔，家中这两年一切是不是还如故，父母身体究竟如何……种种猜测和疑虑都爬上了王雪芹的眉头。

张建华一边安慰着王雪芹，一边盘算着等车到站后，第一件事就是用这两年攒下的那点积蓄，先给最爱抽旱烟的岳父买两条红色一品梅香烟，再给岳父、岳母每人买一件丝棉袄和一双皮棉鞋。

一出车站，张建华就与王雪芹商量着给岳父岳母置办见面礼品。王雪芹抱着孩子在车站旁边的一个售货亭处避风休息，等待张建华。张建华一个箭步跨过了马路围栏，来到了工人路，经过精挑细选，很快就置办完了见面的礼品。这是他第一次给岳父岳母置办礼品，也是第一次大大方方去王雪芹家见岳父岳母。

张建华一家三口很快就从泗洪到了乡里小车站，租了一辆三轮摩的回家。一进家门，王雪芹和张建华就给母亲跪下，请求母亲原谅。歪厮缠一见是这两个冤家回来了，气不打一处出，劈头盖脸骂了他们俩一顿，还将张建华所买的礼品给扔了出去，小强吓得哇哇直哭。歪厮缠一边骂一边撵："赶紧给我滚，有多远滚多远，我们早就没你这个女儿了！"

歪厮缠骂着就往田里跑，喊王大年快回来。王雪芹和张建华一看父母的气还没消，孩子被吓哭了，就赶紧起来往张建华家跑。张建华和王雪芹刚跑到家还没来得及休息和吃上饭，老闷头和歪厮缠就赶到了张建华家，把王雪芹和张建华堵在了屋里。

张建华父亲张宜顺见王大年夫妇来势汹汹，就一个箭步将老闷头和歪厮缠挡住，让儿子和王雪芹赶紧跑。张建华母亲刘翠梅却撂下狠话："今天哪里都不去，就在家，看他能怎么着！是福不是祸，是祸躲不过，干脆把事情闹大一点，让所有人都知道，让公家来处理。"

此事惊动了村里治调主任，村治调主任徐良朴闻听此事，撂下手中锄头就赶了过来，不仅一把拽住了王大年，还狠狠地批评了他们一顿："这都是什么年月了，还搞换亲这一套，换亲也可以，是

要经过男女双方自愿，都情投意合才可以，难道你王大年夫妻俩就没听说过婚姻自由吗？王建华和王雪芹是自由恋爱，是受《中华人民共和国宪法》和《中华人民共和国婚姻法》保护的，任何人都不得干涉，干涉他人婚姻就是违法行为，造成后果是要负刑事责任的，严重是要坐牢的。至于你家王成海娶不上媳妇，这都是因你们家太贫穷造成的。"治调主任徐良朴的一顿数落和法治教育，让王大年夫妇俩像泄了气的皮球一样，坐在地上无话可说。

徐良朴见王大年无话可说，又转口劝说王大年夫妇俩："赶紧起来回家，好好接受这两个孩子，让张建华好好安心赚钱。他本来就会跑运输，等张建华赚到钱了，也好帮衬帮衬你们家，好为你儿子王成海娶个媳妇，你说是不是这个理呀！"

王大年夫妇俩害怕张建华以后不帮他们家的想法一眼就被治调主任徐良朴看穿了。徐良朴喊来张建华，问张建华以后赚到钱了，会不会帮助岳父岳母家，帮哥哥王成海娶媳妇。

张建华连声点头表示："这个我们肯定帮，不但帮，还要大帮，王成海毕竟是雪芹的哥哥，俺家小强的亲舅舅。"

治调主任应声答道："你看这多好！你们赶紧过来，向你岳父岳母保证，你们以后赚钱，一定会帮助哥哥王成海娶媳妇。"在张建华和王雪芹的保证及治调主任的劝说下，老闷头王大年和歪厮缠夫妇俩也从地上爬了起来。治调主任徐良朴见状又赶紧让张建华和王雪芹把父母往屋里拽，张宜顺和刘翠梅又赶紧给老闷头、歪厮缠这两位亲家搬板凳，准备烧锅做饭。老闷头和歪厮缠哪还好意思待在这儿，以家中小猪还没喂为由，说得赶紧回家。

治调主任徐良朴见此事一切基本处理妥当，就开口说："先回去也好，明天让建华和雪芹回家，给你们老两口磕个头，赔个礼，表示他们这两年没能伺候、孝敬你们。今天两个孩子也是刚刚到家，也挺累的，还又没吃饭，先让他们歇歇脚。"王大年夫妇俩和围观的邻居在治调主任徐良朴的劝说下才各自离去。

从此，王雪芹和张建华又过回了平静的日子。看着可爱的儿子，贤惠的王雪芹，加上父母帮衬，张建华干劲十足。由于自己的几亩田几乎不要他操一点心，于是他重操旧业，又跑起了手扶拖拉机搞运输。短短三四年的工夫，张建华家就盖起了三间大瓦房，用上了冰箱、电风扇，添上了彩电。张建华跑运输的车，从手扶拖拉机换成了小四轮，又换成大汽车，日子过得红红火火，蒸蒸日上。

三

天有不测风云，人有旦夕祸福。就在小强六岁那年，张建华驾驶货车时，为了躲避从岔道上冲出来的一个骑自行车的老汉，一个急转方向盘，运输车急速冲向路边，侧翻进沟里，后车厢里的钢筋戳穿驾驶室，又戳进了他的后脑，张建华当场撒手人寰。王雪芹一家哭得昏天地暗，死去活来。

最终，张建华的后事在庄子上同宗长辈张宜民及亲朋好友的帮助下，料理完毕，入土为安。自张建华走后，王雪芹整天是吃也一顿，不吃也一顿，原本身材苗条、脸庞干净白皙的她，变得脸色蜡黄，头发蓬垢无光、枯黄如草，身体显得更加瘦弱。王雪芹的样子公公婆婆看在眼里，急在心里，可无奈小强还小。

接下来的日子，张建华的父母也多次劝王雪芹遇到合适的就改嫁，可王雪芹死活也不依张建华父母。她决定重新鼓起勇气生活，把小强抚养成人，待他娶妻生子后再考虑自己的事情。

　　王雪芹在张建华父母帮衬下，生活恢复了往日的平静。有很多不错的大龄青年主动帮助王雪芹干活，做这样、做那样，甚至会主动向王雪芹示意求爱，但都被王雪芹一一回绝。

　　这一年小强初中毕业，面临回乡务农，王雪芹找到了在安徽淮南包点小路工程的张建华的表弟陈福海，让小强跟着学装卸，开开小吊车。

　　自从小强离开家后，王雪芹也在朋友的介绍下，给一个外乡镇因公负伤的离休老人朱昌和做护工，每天伺候着朱昌和吃喝拉撒、衣物换洗等，一干就是五年。这五年间，小强已娶妻生子，朱昌和对王雪芹无微不至的照顾依赖性越来越强。朱昌和的子女偶尔会从城里回来看望朱昌和，也会给朱昌和与这位护工阿姨带一些好吃的好喝的和生活用品。

　　时间久了，朱昌和对这位护工产生了好感，就觉得王雪芹像妻子在世时一样，对自己照顾得很周到。朱昌和也多次向王雪芹表白自己的想法，都被王雪芹给劝住了，她说此事主要还是想看孩子的想法，听听孩子们的意见。

　　小强结婚，张建华父亲生病治疗、去世等一道道坎，也的确让王雪芹好不容易才翻过去。这期间朱昌和多次让王雪芹帮助自己把退休金、抚恤金小本子拿到银行去取钱，朱昌和也多次把取回的退休金塞给王雪芹，都被王雪芹给拒绝了，只拿一点自己该得到的报酬。

　　对于朱昌和向自己求婚的事情，有时候王雪芹会对儿子轻描淡写地说出自己的想法，可都被小强拒绝了。小强一直认为母亲提出改嫁，是对死去的父亲和自己极大的侮辱，面对亲朋好友，自己的面子上很难过得去。

王雪芹经过多次与儿子小强交流，都被小强拒绝。王雪芹思前想后，觉得建华走后，很委屈自己，没想到盼到儿子成家立业、娶妻生子，自己想找个老伴，却遭到儿子的反对。

这一天，王雪芹伺候完朱昌和睡下，就径直找到了村支书徐广明家，向徐广明诉说：自己含辛茹苦把儿子小强抚养成人，娶妻生子，自己守了大半辈子寡，到了晚年，想找个老伴相依为命过日子，但儿子却始终不同意。自己想像年轻时那样，不顾家人反对，硬着头皮去结婚。现在自己的年龄也越来越大，她很害怕以后自己不能动的那一天，儿子不赡养自己。

村支书徐广明听了王雪芹的诉说，很是同情，当场拍板表示：王雪芹先回去好好休息，小强不同意她改嫁这事情，包在他村支书身上。

第二天，徐广明骑着摩托车前往镇里开会，在路上，正巧碰上小强带着妻子李巧云回乡妇检。徐广明喊住了小强，下了摩托车，一把拽过了小强："张志强你过来，我跟你说个事，你今年多大了？"

小强不知道是什么情况，就回答道："我 28 岁了。"

村支书紧接着又问："刚才坐你身后的是谁？"

"是我老婆李巧云。"小强很认真地回答村支书徐广明的问话。

"你晚上睡觉，搂着老婆一起睡，暖烘烘的舒服吧！都这么大人了，你母亲含辛茹苦，守了这么多年的寡把你养大，帮你娶妻生子，她容易吗？就知道自己老婆孩子热炕头，日子过得很舒服，你想过她吗！"村支书反问道。

"今天我告诉你，你母亲有意要改嫁，想寻找另一半，这是她

的婚姻自由，国家宪法和婚姻法规定，任何人都没有权力干涉她的婚姻自由。你不但不能干预她的婚姻，还有义务赡养她，这是《老年人权益保障法》所规定的。你母亲同你商量，这是在尊重你，如果你干预你母亲婚姻自由，或者不赡养她，你是要负法律责任的。从今天起，你再干预你母亲婚姻自由，我就到派出所替你母亲报案。"徐广明警告了张志强。

村支书徐广明的一顿批评和法治教育让小强深深感到愧疚，也意识到自己为了个人的面子，而没有为母亲的幸福着想，真是一个不孝之子。

在村支书的帮助下，儿子小强的思想很快转变，这让王雪芹非常高兴，很快地将这一好消息告诉了朱昌和。朱昌和也喜出望外，很快就将自己的想法告诉了女儿女婿。朱昌和的女儿朱丽娟与女婿薛永青也表示同意，但就是担心大嫂和弟媳妇不同意。此事一说到朱昌和的两个儿媳妇面前，两个儿媳妇当着大家伙的面也没有说不行。

两天过后，王雪芹却遭到了朱昌和两个儿媳妇的一顿骂并被无缘无故解雇了。原因是朱昌和退休金小本子上不明不白少了很多钱，她们认为王雪芹有意勾引公公，目的只是为了哄骗公公的退休金。

王雪芹一气之下报了警，当警察赶来澄清朱昌和退休金小本子上的钱是被提取成现金保存在朱昌和手里时，王雪芹深深意识到朱昌和的两个儿媳妇是明摆着不同意他们的婚事。想想即使结了婚，今后的日子也会更加难过，王雪芹就毅然决然地收拾了自己的包裹离开了。

王雪芹的离开，让朱昌和老人心里非常难过。他雇了一辆面包车到泗洪县法律援助中心，投诉自己的两个儿子和儿媳妇，老泪纵横地哭诉着子女们干涉他的婚姻自由。

法律援助中心的工作人员听完老人的诉求后，立即安排朱昌和所在地的法律服务所主任刘超为老人提供法律援助，讨说法。刘超很快找到朱昌和老人的两个儿子和儿媳妇，向朱昌和儿子、儿媳妇说理说法，阐明阻碍老人婚姻自由是犯法行为。朱昌和两个儿媳妇无言以对，知道自己的做法有悖法律规范和人伦道德，就同意了老人的想法，随便他自己想和谁结婚就和谁结婚。

当朱昌和想把儿女们已经同意他俩的婚事这件事告诉王雪芹时，无论怎么打电话给王雪芹，王雪芹就是不接。朱昌和再次找到了法律服务所主任刘超。虽说此事是法律援助，法律服务已完结，但老人年龄已大，刘超怕老人家有想不开的地方，就利用朱昌和存有的王雪芹的联系方式，用自己的电话联系上了王雪芹，向王雪芹说明去电的意图。

王雪芹很直接地告诉刘超："之前朱昌和子女不同意我们的婚事，经过你们处理，虽说他们同意了，想想今后在一起，还是会与他们免不了是非上的磕磕碰碰，日子会很难过的。我和朱昌和之间从未有过什么不正当的行为，只是相互都有结婚的愿望而已。与其今后生活痛苦，倒不如现在一刀两断，快刀斩乱麻，各自走自己的路。"

刘超一听，现在是王雪芹不同意和朱昌和结婚。刘超又赶紧劝说王雪芹，把朱昌和到法律服务所来求助和到处找她的事情告诉了王雪芹，劝说王雪芹应该给朱昌和一个明确的答复，不然朱昌和还会到处找她。朱昌和年龄大了，又行动不便，非常危险。王雪芹在刘超的劝说下，通过电话明确告诉朱昌和自己不同意和他结婚，这

样才使朱昌和死心，不再到处找王雪芹。

四

王雪芹自从离开了朱昌和，就来到了县城一家医院里当起了保洁阿姨，闲暇之余也会到广场去转转看看。一次去病房倒垃圾、打扫卫生时，遇到钱明利不便下床倒开水，她就帮助钱明利倒了一杯开水。从二人攀谈中得知，钱明利已退休，老伴在他很年轻的时候就去世了，为了三个幼小的孩子，钱明利没有再娶，这次生病住院是小女儿请假来伺候他的。

钱明利与王雪芹同病相怜，王雪芹每天来倒垃圾、打扫房间卫生时，都会对钱明利多看一眼。钱明利毕竟是过来人，又在官场上摸爬滚打这么多年，当然能感觉到王雪芹那双带有温暖的眼睛不时地在看着他。

钱明利的女儿经常会趁着太阳出来的时候，陪着父亲到医院前面的小广场上去晒晒太阳，活动一下筋骨。王雪芹从窗户里能看好半天。

很快二十多天过去了，钱明利要出院了，王雪芹用一种既高兴又留恋的眼光望着钱明利的离去。钱明利挥手示意再见，王雪芹差点没反应过来。钱明利刚出院的两天，王雪芹一下班，就会有意无意地朝医院门口的那个小广场上望去。

大约过了有一周时间，这天王雪芹下班再次经过医院门口的小广场时，却被一个很熟悉的声音叫住了："大妹子，你下班啦！"

王雪芹转头一看，原来是钱明利，急忙站住转头问候："钱大哥，你身体全面康复了，能自己出来转转啦！"

　　"是的，在你们和医生、女儿的精心照料下，我恢复得很快，谢谢你们呀！"钱明利边说边和王雪芹一起往前走着。很快，钱明利和王雪芹就走到了转弯的岔路口，这时钱明利才想起问王雪芹家住在哪里。

　　王雪芹如实地告诉钱明利自己是一个人来县城做事，老家在农村，儿子在苏州打工，儿媳妇在老家带着两个孙子，一个刚上小学，一个上幼儿园。

　　钱明利惊奇地问道："那，你家的那一口子是干什么的？"

　　钱明利的询问让王雪芹好半天才叹了口气回答道："早就去世了，是在儿子六岁那一年，在一次车祸中不幸去世的，抛下了我们孤儿寡母。"

　　钱明利听后无从安慰，半天也说不出话来，就随着王雪芹一同转弯继续向前走。走着走着钱明利终于开口了："大妹子，都这么多年过去了，一定要想开一点，路还要一点一点往前走，日子还要继续好好地一天一天往前过。我家就住在前面府苑小区，为了感谢你为我倒开水，请给我个面子，今天我请你吃鸭血粉丝。"

　　王雪芹望着眼前的这个说话利落、谈吐不俗的老男人，犹豫了一下，说："谢谢钱大哥，这恐怕不方便吧。"

　　钱明利随口就说："没事、没事，我家反正就我一个人过日子，儿子、女儿他们都各自过日子，吃饭时候也不会找我。"

　　说着钱明利和王雪芹就来到不远处的一家不大的鸭血粉丝店，钱明利要了两碗鸭血粉丝，接着又问王雪芹喝不喝酒。王雪芹回答从来不会喝酒。二人在说讲中吃完了鸭血粉丝，继续随着王雪芹走去。王雪芹很快就到了租住小屋，这时钱明利才反应过来，王雪芹已经到了家了。

钱明利很不好意思地说:"老妹你到家了,早点休息吧,我也要回家了。"

王雪芹也很客气地感谢钱明利今天的盛情,请她吃自己平时最喜爱吃的鸭血粉丝,嘱咐钱明利回去路上注意安全。

相互嘱咐、相互关心异性朋友的安全,这是友谊向爱的延伸,也是爱的火花在碰撞、在燃烧。

钱明利从在医院门前的小广场与王雪芹的一次次见面,变成了天天等候王雪芹下班。

说实话,王雪芹和钱明利的确是恋爱了,并且还发展成了热恋中的情侣!钱明利把自己想和医院保洁王雪芹结婚的想法告诉了儿女们,儿女们都没有什么意见,只有钱明利的一个当律师的侄子钱书恒提出了一个问题:"三叔呀,怎么会这么巧。是你先对王雪芹说过三婶去世早,你为了三个孩子一直没有再娶这个家庭情况的,怎么她的情况就和你是一模一样的呢?是不是她别有用心,为了博得你的同情心?今天你能相中王雪芹,大家都不反对,就怕王雪芹心里图谋不轨。为了防止她有图谋不轨之心,我建议还是把府苑小区的套房以出售的名义卖给钱紧。你们是父子俩,给不给钱都无所谓,只是到我律师事务所,我给你们做一个买卖合同协议而已。我们律师事务所作为见证,这样也可以以防万一。"钱明利和儿女们都觉得钱书恒的提议很有道理,也很理性,毕竟才刚接触王雪芹不久。于是钱明利就将府苑小区套房按市场评估价 11.7 万元,以一张收条的形式卖给了自己的儿子。

事过不久,钱明利就向王雪芹求爱了,王雪芹也欣然答应了钱明利的求爱,不久钱明利与王雪芹在婚姻登记机关领取了结婚证。婚后,虽说钱明利比王雪芹大十四岁,但夫妻俩恩恩爱爱,每天王雪芹上班下班，钱明利买菜做饭等着王雪芹归来。日子就这样一直很好地过着，随着夫妻俩年龄增大，王雪芹到了该退休的年龄。由于年龄原因，医院也不想再雇用王雪芹，王雪芹只好回家，表面上说是退休，可实际上并没有退休养老金，毕竟是农村人，刚来城里打几年临时工，也没有缴纳养老保险。

不过钱明利的养老金很高，夫妻俩生活花销基本上用不完。钱明利和王雪芹夫妻俩每天买菜烧饭、看人跳广场舞，也很幸福，这一过就是十六年。钱明利的身体也每况愈下，就在王雪芹六十九岁那一年，钱明利已是八十多岁的高龄了，生了一场大病。钱明利的小孙子已是三十几岁的人了，谈好了对象，就是婚房还没有着落。眼下城里的套房价格一路飙升，购置新房要100多万元，就连钱明利夫妇俩居住的老房子也已升至70 ～ 80万元。钱明利的儿媳妇万继花可是个绝对不凡的"狠角"，在电子厂里上班。她觉得到处都放不下她，浑身都是"刺"，就像个"圪针鱼"。她的名字叫万继花，大伙儿在背地里都管她叫"季花鱼""圪针鱼"。

万继花怕公公一病不起，撒手人寰后，老太婆王雪芹会赖在房子里不走。按理说，钱明利真的是一病不起走了，王雪芹也应该住在老房子里，因为王雪芹和钱明利是一对合法的夫妻。可万继花知道这里面的"小九九"。

万继花干脆就径直向钱明利、王雪芹老夫妇俩要房子，王雪芹很生气，明明是老伴钱明利的房子，怎么就成他们家的房子了呢！

儿媳妇和老伴王雪芹争吵间，钱明利骂儿子钱紧不孝。钱明利如实向老伴王雪芹说出了十六年前结婚时的事情。

王雪芹和钱明利一致认为只是打了一张空空的11.7万元收条给儿子钱紧而已，并且钱紧并没有实际支付购房款11.7万元。

王雪芹听邻居说这种情况可以找司法部门或法律服务部门咨询咨询。嫂子万继花和父亲老夫妻俩吵闹，并且赶他们走，不允许他们在老房子里继续居住，惊动了钱明利的两个女儿。钱明利的两个女儿支持父亲到司法机关说明当时的情况，却又被王雪芹劝住，王雪芹害怕他们父子和兄妹之间成仇，只怨当初钱明利对自己不信任。既然当初选择了嫁给钱明利这个人，又不是选择要嫁给钱明利的房子，有没有这个老房子已是无所谓的事情了。

王雪芹当即决定等钱明利病痊愈后搬走，免得大家在一起都很不愉快。一个多月过去，钱明利的病情在王雪芹的精心照料下逐渐好转，在基本康复后，王雪芹就在康复医院旁边租了一个老年公寓套房，毅然决然地搬进了新家，与钱明利相依为伴，安度晚年。

2022年刊发于《今古传奇》第1期

维　权

　　90 后的周猛外出打工，刚上班一个多小时，双臂就被绞进粉碎机。企业老板先说对他负责，后又听说赔偿数额较大，于是百般推脱不愿承担赔偿责任，让他维权进入了僵局。这段维权路让这位 90 后的小伙子走得艰辛路长长。

　　周猛出事时刚 20 出头，家中孩子仅 4 个月，父母身体不好，小家庭一下子陷入了困境。因打工致残，公司老板推责拒绝赔偿，他曾一度进入绝望，直到听他人说起国家有法律援助这个机构，是专门为穷人免费打官司的，他才找到了泗洪县法律援助中心。

　　2013 年 7 月 19 日，周猛为讨生计到处找工作，他在一家企业门前看到了招工广告，就按联系电话拨通了招工联系人电话。联系人到大门口接待周猛，自我介绍说自己叫张某某，是厂长。周猛询问张厂长是不是在招工，张厂长告诉他正在招工，因为正在保养机器，暂时不上班，叫周猛等候通知。就在当天下午，张厂长给周猛打来电话说："厂里确定要你，等确定时间后再通知你来上班。"

　　同年 8 月 8 日，张厂长主动给周猛打电话说："你可以上班了，晚上 8 点准时到。"周猛按照张厂长约定的时间准时到了厂

内。这是周猛第一次上班，厂里没有对他进行岗前培训和交代注意事项代，直接让他进入了操作车间。

该厂从事废旧塑料再加工生产，张厂长指示周猛将废旧塑料往粉碎机里投放，周猛就按指令操作。过了一个半小时左右，粉碎机被卡住停止运转，周猛就喊来张厂长。

张厂长把电源关掉，和周猛一起把粉碎机壳去掉，把堵塞的废塑料往外拽。张厂长拽了几分钟就走了，让周猛自己继续拽。周猛拽了有五六分钟，这时不知谁把电闸刀合上了，粉碎机突然转动，把周猛双臂绞进粉碎机拔不出来。周猛疼得撕心裂肺，叫喊声惊动了其他人，粉碎机这才被关掉电源停止了转动。但周猛的双臂仍拔不出来，等把粉碎机拆卸后才拔出，已是血肉模糊，筋骨分离。

张厂长与工友把周猛抬上企业老板的车上送去抢救。老板对周猛说："小周，你放心，你是为我们厂里劳动受伤，所以责任我们来承担。"周猛在送往医院途中就慢慢昏迷过去了。后经医院确诊为：失血性休克，双上肢毁损残，左肱骨内侧髁开放性骨折，左尺神经断裂、右尺神经左正中神经挫伤。

住院期间，企业老板经常前往看望周猛，并再三表示一定会对他负责。出院时，院方主治医生告诉企业老板，周猛的伤情将造成重度残疾。老板意识到赔偿巨额，一反常态，为了逃避责任，在周猛申请工伤认定时，厂方以"没有与周猛签订劳动合同，无劳动关系"为借口不予配合。周猛的工伤认定与讨赔的梦想成了泡沫，这让这个身负重残的 90 后小伙感到孤独和绝望，好像进入了走投无路的境界。

法律援助部门接待了周猛，当即安排工作人员按程序受理，指派业务精、能力强的援助律师为其援助。援助律师在接到指派后，立即约谈周猛询问事情经过，从约谈中得知周猛实际工作时间只有一个多小时，双方既未签订劳动合同，又无相关的工作证、上岗证、考勤表、工资表等证明材料。律师考虑到此案关键在于证明周猛与厂方有劳动关系，于是就走访周猛事发当时的工友了解情况。工友们因不敢得罪老板，无人敢出来为周猛作证。厂方依仗周猛拿不出证据，就来个死不认账。

为此，援助律师只好从外围入手，寻找间接证据，将目标锁定在招工广告上。援助律师拍摄了招工广告内容和招工联系电话，并调取了周猛与张厂长通话清单。从招工广告联系电话到周猛与张厂长4次通话清单可以看出周猛与厂方之间存在着劳动关系的意向，但不能定位事实上劳动关系。一时之间，援助律师求证也进入困境，都为之苦恼。

援助律师无奈地翻阅着周猛的入院手续和病例以及所发生的费用发票等材料，无意间发现病例上有"周猛，公司职工"字样，就询问周猛这字是谁写的，周猛说是公司老板写的。这个细节让援助律师喜出望外。此后，周猛和平时一样给老板打电话，对住院期间老板经常来看望自己表示感谢，在老板没有警惕的情况下进行录音。在通话中，老板认可了周猛在劳动中受伤的情况。援助律师将录音媒介拷贝成光盘作为证据。

在走访调查中，该单位职工刘某因对公司不满而提出辞职，而刘某正是当时和老板一起把周猛送往医院抢救的员工，也目睹了周猛受伤的整个过程。在律师的劝说下，刘某同意为周猛作证，至此，一组事实劳动关系证据链形成了。

证据链紧紧锁住周猛与公司存在事实劳动关系这一事实，可老板把招工用人这一事实推到张厂长身上，并说："这纯属张厂长个人私自招工，与公司无关，因此发生事故公司不应承担责任，应由张厂长个人承担。"可笑的是，张厂长也积极认错把责任揽下。援助律师质问张厂长："招工周猛一事，是不是没通过老板而擅自招工？周猛是给公司干活还是给你个人干活？"张厂长承认是给公司干活，是公司发工资。律师质问张厂长把责任揽下来，他个人能否赔偿得起。张厂长说："赔不起。"对此，仲裁庭做出裁决：申请人周猛与公司存在事实劳动关系。

最终裁决公司赔偿周猛工伤补助金等费用 31.4 万元，周猛维权之路走了两年才有了说法。

险些青梅别竹马

大刘庄芳芳和浩浩这对小夫妻一时间闹起了离婚。他们上小学期间就自由恋爱了，当初他们不顾父母的反对，义无反顾走进了婚姻殿堂，因同窗好姐妹莉莉插足，这对小夫妻最近才闹起了离婚。

芳芳与浩浩纯粹属于早恋，在上小学六年级时，就开始自由恋爱了，也算是青梅竹马。芳芳的父母知道后，考虑到他们年龄太小，应该好好上学，就极力反对他们恋爱。芳芳父母一度气得几天不吃不喝，气急之下，将芳芳找回家，父母、妹妹、奶奶一家人轮流看着芳芳，不许她外出。

被看管期间，有不少同学、好姐妹前来看望芳芳。时间长了，一家人就放松了警惕，芳芳背着父母与浩浩走得更近，并进入了热恋。

父母发现后，就找到了浩浩的父母，劝说两个孩子还小，并撂下了狠话：如果他们俩在这小小年纪就走到一起，就与女儿断绝父女关系、母女之情。但芳芳并没有顾忌这些，在不满 18 岁时，就与浩浩生活在了一起。为这事，芳芳的父母一度被气出了病来。短短三四年之后，芳芳已经是两个孩子的妈妈了。

孩子出生后,芳芳与浩浩来给父母报喜,但父母坚决不认芳芳这个女儿,把他们夫妻俩往外赶。2014 年春节前夕,在亲朋好友的劝说下,芳芳的父母这才认下女儿、女婿、外孙、外孙女,一家人高高兴兴给芳芳和浩浩补办了结婚仪式。

可好景不长,2014 年春节刚过,他们却闹起了离婚,是浩浩提出的离婚。无奈之下,芳芳求助了县法律援助中心。向工作人员诉说,她与浩浩原本就是同学之间自由恋爱,结婚后,自己还经常带同学莉莉回家玩,关系处得很好。有时候还会留莉莉在家中过夜,就连他们夫妻俩在上海打工,莉莉都会来家里玩。

偶尔一次,芳芳因单位事情,当天没处理完,需要加夜班,就让丈夫先回家照顾孩子。等次日芳芳赶回家中时,发现莉莉已在家里。年仅 6 岁的儿子告诉芳芳,莉莉阿姨昨天晚上没回家,就在家里住的。儿子这么一说,芳芳才意识到事情有点不对劲,就夺过丈夫的手机翻看聊天记录,丈夫的聊天记录里显示丈夫与莉莉早已卿卿我我,并发生了男女关系。

浩浩见无法隐瞒这件事,就打算和芳芳离婚后再娶莉莉。2014 年 3 月,浩浩一纸诉状诉至人民法院,要求和芳芳离婚。当芳芳接到法院开庭审理的传票时,才找到了法律援助中心,哭诉自己的委屈。她伤心地回想他们俩人的恋爱,受到家庭重重阻拦,好不容易才走到一起,并且有了一双可爱的儿女,又害怕孩子太小,将来会受罪等,因此坚决不同意和丈夫离婚。

法律援助人员了解到芳芳不想与丈夫离婚的真实意图后,当即为芳芳提供法律援助,跟人民法院联系,调阅浩浩诉芳芳离婚案卷,发现芳芳丈夫的起诉书中并没有提及有第三者插足。这让法律援助工作人员深深地舒了一口气,再次约见了芳芳,并告诚芳芳如果不想离婚，在开庭时，如浩浩不提及有第三者插足，自己也不要说，只是表述当初自由恋爱，冲破家庭重重阻力，最终才走到一起，夫妻感情很好，没有破裂，自己不愿意和丈夫离婚就可以了。

最终，法庭开庭审理时认为，芳芳的丈夫提出的离婚理由不充足，双方感情并没有破裂，不同意他们离婚。

时隔 7 个月，浩浩又向人民法院提出与芳芳离婚。在开庭前，援助工作人员及时又与芳芳取得联系，再次确认芳芳的真实想法，芳芳还是不想离婚。援助工作人员很清楚，这次开庭，第三者插足事情一旦捅破，肯定会判离婚，所以决定给他们夫妻俩进行诉前调解，并分析利害关系给浩浩及芳芳的家人听。

其实，芳芳与浩浩小夫妻俩在外打拼多年，还买了两辆大型收割机和一辆轿车，并且还有 30 万元存款，在芳芳并不知情的情况下，车子不知去向，存款也快被浩浩花完了。法律援助人员向芳芳及浩浩父母分析，存在过错的主要是浩浩，因为他有了第三者，芳芳并无过错。如果离婚的话，法院会考虑判芳芳多分财产。浩浩及浩浩父母听了援助工作人员一席劝，立即改变了态度，不打算和芳芳离婚了，并保证和莉莉断绝关系。

芳芳听着法律援助工作人员的分析和劝说，勾起了千丝万缕的伤心回忆：在丈夫要求离婚期间，芳芳回家看望两个孩子时，莉莉和丈夫正好被芳芳堵在自家床上，芳芳与莉莉厮打时，丈夫不仅不帮芳芳，还毒打芳芳。想想这些事，芳芳的泪水就禁不住地往外涌。

突然之间，芳芳改变了主意，坚决要求和丈夫离婚。援助工作人员一时纳闷，感觉事情转变得也太快了，很无奈，就随口一说："你们都要求离婚，离就离吧！"浩浩见芳芳执意要离婚，就下跪

苦苦哀求芳芳不要离婚，并向芳芳保证以后会好好过日子。

援助工作人员见此情景，又极力劝说和调解，最终，芳芳和浩浩决定不离婚。

他们夫妻俩和往日一样，收拾了行囊，又一同到南方打工赚钱养家，夫妻感情和好如初。他们的离婚一案简直就像一场噩梦，夫妻俩险些各奔东西。

2015年8月28日刊发于《宿迁晚报》

退　钱

　　丁零零……丁零零……电话响了，晚上，胡彩玲拖着疲倦的身子下班回到家中，正在收拾桌子、锅碗准备烧饭，忽然卧室里传来了急促的电话声。

　　胡彩玲赶忙拿起电话："喂，你好！哪位？"

　　"我是钱新良呀！"

　　"你是谁呀？"

　　"我是钱新良！就是江苏讨公律师事务所的那个钱律师呀！"

　　"噢，是钱律师呀，有事吗？"

　　"今天都打三次电话给你们家啦。我也联系不到你弟弟。上次不是替你弟弟代理了案子吗，当时，你不是帮你弟弟交了 5000 元起诉代理费吗？你或者你弟弟来把这 5000 元起诉代理费领回去。"

　　这时候，胡彩玲有点纳闷，心想，退钱给我，莫非是钱律师不愿意给我们代理这个案子啦！明明我们是受害人，难道我们官司会输？胡彩玲愣了半天也没有吱声。

　　钱新良律师一再表示，他们这个案子符合县里的法律援助条件，不用交纳起诉费，并连连表示自己会尽心尽力为他们打这个官

司。

胡彩玲还是在半信半疑，心想，退钱后，这个钱律师能出心出意给我们打官司吗？胡彩玲很难相信这个事是真的。

话得从去年8月说起，胡彩玲的弟弟胡明和同村的大伙儿一样，从小山村里走出来，跟着邻乡包工头郝大义，到大城市里去务工，从事室外空调安装工作。

胡明不小心从四楼坠落摔伤，造成胸4椎体骨折伴截瘫、右肺挫伤、右侧多发性肋骨骨折（断8根）伴气血脑、肝脏挫伤、左股骨中断骨折、右侧胸背部软组织挫伤，经医院高位抢救治疗，刚住了一个月院，就花去医疗费30余万元。

面对高额费用，胡彩玲和弟弟及其家人商量，要求自行出院，想到家乡村卫生室治疗，减轻治疗费用。

院方也考虑到他们家庭实际经济条件，就同意他们出院了，并嘱咐他要继续治疗、卧床休息、增加护理营养、每月复查、不适随诊、一年后决定取内固定术、有条件时到上海医院康复。

就这样，一个好好的家，顷刻间被阴影笼罩，胡明的妻子李菱花的脸上再也没有往日逗不满周岁儿子时的笑容了，胡家人看在眼里急在心里。

起初，胡明刚入院时，包工头老板郝大义还带着1万元现金来医院里看望他们，后来却是电话不通了，回南京雨花区居住，玩起了"躲猫猫"。

就这样，家人在无奈情况下，才决定找律师帮其打官司，向郝大义讨说法。

接案律师根据这个案子标的，核算了起诉代理费应该在1万元左右，由于很同情胡明的遭遇，就减半收取了他们起诉代理费

5000 元。

　　钱新良律师接手了这个案子后，立即就开始走访施工现场，调查了解当时一起施工同乡来的其他工人。在了解中，得知胡明家庭经济困难，可以申请国家法律援助，免费打官司。

　　于是钱新良就指引他们家人到县法律援助中心申请国家法律援助，寻求免费打官司途径。

　　钱新良还向胡家保证："你们这个案子，只要县法律援助中心指派给我，我会全心全意尽力给你们胡家办好这个案子。如果这个案子我办得让你们不满意，你们可以向县法律援助中心投诉我这个承办律师。"

　　钱新良律师一席话说得胡家仍旧将信将疑，结果把 5000 元钱起诉费领回去后，又给送了回来。他们心中不安，总是在想，请律师打官司，付起诉与代理费，是天经地义的事情，这个案子律师不收钱，能办好吗！

　　钱新良律师看到胡彩玲又把钱送了回来，于是就细心地向胡彩玲解释："法律援助案是政府买单，替你们打官司，我是真的不能收你们家的起诉与代理费，收了就是违反法律援助工作原则。请你把代理费拿回去，我说过，这案子不但不收你们钱，而且只要指派给我，我就认认真真、尽心尽力给你们胡家把这个事情办好。"

　　钱被退回后，钱新良律师主动向县法律援助中心请缨，为胡家向包工头郝大义讨说法。案件经过调查取证，法院开庭审理，判决包工头郝大义赔偿胡家医药治疗费、务工损失费、营养费、伤残补助等费用 52.3 万元。

　　当胡家拿到赔偿金，整个案件才算尘埃落定。这时，胡彩玲又把 5000 元起诉代理费送了回来。钱新良告诉胡彩玲："你不能让

我违反工作原则。"

最后，钱新良婉言谢绝了胡彩玲的好意，让她把钱拿了回去。胡彩玲眼角闪动着晶莹的泪花，连声道谢："感谢政府！感谢钱律师！"

2016年刊发于《分金文学》夏季号

淌坏水

　　韩坚五十六岁那一年因举报一名八路军伤员使其被抓而有功，被委任为保长，还奖励了白花花的十块银圆，因此乡亲乡邻都恨他入骨。自从韩坚当上了保长，乡亲乡邻平时更是敢怒而不敢言，背地里都偷偷地叫他汉奸或淌坏水。不知道淌坏水是心理扭曲，还是什么缘故，他就是见不得别人的好，就连斗大字也不识一个的他五叔——老好人韩老五，也骂他淌坏水是从他娘胎里生出来就坏，满肚子都是坏水。

　　世人嘴中从不空过，叫他汉奸或淌坏水与他的名字和所做的事有着很大关系。韩坚这个名字是他爷爷韩崇仙给起的，也许他的爷爷先知先觉，知道他的孙子韩坚将来就是个"汉奸"，会淌坏水。

　　当年淌坏水的爷爷韩崇仙也是一心一意地迷上了修仙盘道，他毅然决然地奔向了峨眉山，狠心地抛下了淌坏水的父亲韩老海和淌坏水的祖母韩王氏，母子俩只能相依为命。韩崇仙一路奔向西南，心中如同赴约蟠桃盛会。他很快来到向往已久的峨眉圣地，向寺院住持说明来意，要剃度出家，皈依佛门。寺院住持听完韩崇仙诉说来意后，见他六根不净，红尘未了，不愿收留他，也不愿为他剃度

出家。

韩崇仙苦苦哀求，住持见他千里迢迢来到峨眉山，也很辛苦，实属不易，就给了他一些盘缠，又赠送他一本经书，从心里疏导和化解韩崇仙的想法，让韩崇仙明白只要心中有佛，不论在哪里修行都可以。韩崇仙回家前，住持还简单地教他诵经和每日早晚参禅打坐等法事，让他回家自行修行。

韩崇仙回家后也是很用功，每日下地干活前、收工回来后都要洗手烧香，将经书顶在头上膜拜，诵经默读，嘴里"阿弥陀佛、阿弥陀佛、唵嘛呢叭咪吽、唵嘛呢叭咪吽"地整天念叨，求观音菩萨救苦救难大发慈悲。说来也是，韩崇仙之前是吃喝嫖赌样样都来，现在不仅忌猪牛羊肉等大五荤，就连葱姜蒜等小五荤也忌。有时候韩崇仙和同读私塾的好友三五成群吃饭喝酒，无论好友怎么劝他"酒肉穿肠过，佛祖心中留，只要心中有佛，吃点肉没关系"，都会被他拒绝，只吃一点青菜饭。在那个战火纷飞的年代，人们少吃无穿，外加高强度体力劳动，韩崇仙染上咳喘疾病，一病不起，慢慢地油尽灯枯，撒手人寰。

皖东北洪泽湖东乡外有九堡，这里有烟波浩渺的洪泽湖和满湖芦苇，周边一片白茫茫茅草可以作为掩蔽屏障。在一次战斗中，一名八路军重伤员顺着洪泽湖水路运送到东乡外九堡，安排在王老好家养伤。当日伪军扫荡到东乡外九堡时，淌坏水见升官发财的机会到了，就向白匪举报王老好家养了一名八路军伤员，结果王老好全家和这名八路军伤员都被带到日伪军据点泗县县城。可无论是怎么审，王老好也不知道这名八路军伤员姓什么、叫什么，就连这名八路军伤员到底是不是八路军，王老好也不清楚，只知道将其送来的人临走的时候让王老好要精心照顾好这位同志，给了两块银圆就匆匆匆地离开。

王老好全家也因淌坏水的举报被关了一个多月。世人比喻时间难熬说度日如年，这一个多月对于王老好一家老小来讲简直就是地狱，上不见天、下不见地，黑咕隆咚的日子遥遥无期，像度过整个世纪一样。王老好被白匪毒打折磨得死去活来，只剩下个皮包骨头。王老好全家被放回家时，短短的一百来里路程，他们全家一路要饭，竟然走了十天才到家。

自从淌坏水被白匪委任为保长，在乡邻里为非作歹是更加肆意猖狂，无论是谁家的大姑娘还是刚进门的小媳妇，只要被他盯上，准是三天内走不出他手心，非被他搞到手不可。淌坏水就连罗锅也不放过，东乡外九堡至今还流传着"罗锅睡大路"一说，说的就是淌坏水把人称"老蔫"的王大利的罗锅媳妇郝金萍按倒在南湖底（方言：指南面的地块，这里也指往洪泽湖里走，越走地越低洼的那块田地）山芋地边那条凸凹不平的洼大路上给睡了。

淌坏水本庄上有一远房亲戚叫牛大，他家在一河滩上种了有好几行槐树，河边还栽了两行大柳树。树已生长了几十年，牛大整天沉迷于赌博吃喝玩乐上，对这些生长了几十年的高大树木能值多少钱，他根本就不知道，也不关心。因牛大总认为这些树木是爷爷牛成先留下的祖产祖业，不是轻而易举说卖就卖的事情。

说来也巧，这一年不知是怎么的，也许是牛大赌输钱，也许是要置办田地或房产，牛大竟然不声不响地决定把爷爷在河堆上、河边上栽种的所有树木给卖了。这天来了一个外地做树木生意的树贩子，牛大开口向买家要二百块大洋，买家当然是个行家，一听要价，就知道牛大这个家伙是一个地地道道的外行，根本就不懂树木行情。

　　树贩子佯装与牛大讨价还价，开口只给牛大一百五十块大洋，然后一点一点地往上加，十块、五块、五块……最终加到一百八十块大洋后成交，牛大把所有树木全给卖了。按理说，这些树木按正常价格计算，应该能卖到三百五六十块大洋。也就是说，牛大的树木少卖了有一半的价钱。树贩子做了这么一起便宜的买卖，当然是兵贵神速，速战速决了。树贩子请了几十号人手和很多辆骡车、马车快速砍伐和搬运这些树木，短短两天时间就将所有的树木全部伐完、运完了。树贩子运到最后一车树木时，被淌坏水在回家的路上给撞见了。

　　淌坏水没当保长之前当过树贩子，他贩过棉花、贩过树、拉过板车，不少行当都干过，与这个树贩子王六也很熟悉。淌坏水便问起树贩子王六，这是谁家树木。树贩子王六也颇为得意做了这桩便宜买卖，就如实地告诉淌坏水说是牛大家的树木。

　　淌坏水一听原来是自己亲戚家的树木，自己之前也想买过，只是牛大没有卖的意向。有一次淌坏水和牛大在一起吃饭，牛大也是在炫耀自家的祖产祖业，问淌坏水这树能值多少钱，当时淌坏水没有回答，也许是淌坏水认为牛大一时半会不会卖这批树，也许是淌坏水心中另有小九九。

　　淌坏水闻听此树木是牛大家的树木，急忙连问王六是多少钱买下的，王六如实地告诉了淌坏水是一百八十块大洋成交的。"今年，做的这笔树生意也是最赚钱的一笔了！"王六一边回答，还一边向淌坏水很得意地谝说着。

　　淌坏水闻听王六才一百八十块大洋就将此批树买下，顿时眼睛都气绿了，不知是恨自己没买着，还是恨牛大太笨蛋或是嫉恨王六做生意太奸诈狡猾。淌坏水一转念，急忙又说："这树是我亲戚家的，之前说要卖给我的，我告诉他让树木多长几年再说，也好能多卖几个钱，怎么能这么便宜就卖给你王六了呢？"王六闻听此言觉得此事若被暴露有可能要坏事，急忙从囊中取出十块大洋塞给淌坏水。

事有凑巧，牛大的姑母生病，表哥陈梓敬前来请牛大帮忙，请牛大用骡子车把母亲陈牛氏送往医院去治病。陈牛氏在医院住院的一切事情被安排妥当之后，也无其他事要做，只需陪护就可以了。陈梓敬的妹婿沈二也是个话痨，人送绰号沈二胖子，闲得无事时，就喜欢说道说道东家长西家短的，这里或那里发生了什么新鲜事。

沈二胖、牛大和陈梓敬三个人刚坐下想歇一会儿，沈二胖就发挥他爱嚼舌头的特长："表弟，昨天你那块有一家伙真笨蛋，家中一批很大的树木能值三百五六十个大洋，结果才一百八十个大洋就卖给了树贩子王六。这事结果被你们这个地方一个叫韩坚的保长给碰见了，王六塞给了韩坚十个大洋做封口费，让韩坚不要对外人说。"

牛大闻听此言，急忙反问表姐夫沈二胖是怎么知道这件事的。沈二胖也是如实相告："王六和我都是干同行树木贩卖的生意，昨日，同去淮河边上卖树时巧遇，就问王六最近在哪里发财。王六很得意地说起他在你们这儿做了一笔很巧的生意，卖家根本不懂树木行情，只要了树木一半的价钱，让他赚了一大笔。更巧的是被你们那儿一个叫韩坚的碰见了，并且卖树这家伙还是韩坚家的亲戚，为了封住韩坚的口，所以……"

沈二胖的话让牛大的脑袋轰轰作响，牛大只言未提，默默地把此事记在了心里。牛大回家就找到了淌坏水："我家的树卖了多少钱，我听说你韩大保长知道是吗？"牛大的质问，让淌坏水一时间差点没反应过来，他赶紧说道："昨天我去找你牛大，你家连一个人影子也没有，后来我听说王六买的树是你家的，才出了一百八十个大洋就把你家的树给买下了。当时，我心里真的是很气愤，我追了好几里地才追上王六那小子，我与王六理论很长时间，王六也说树已伐完、运完了，一个愿意买，一个愿意卖，合理合法，没有什么不妥之处。最后我也是很无奈，硬逼着王六那小子补十块大洋，不然这车木头连人带车加马都不许走。王六那小子苦苦哀求说身上只有六块大洋，最后我觉得人家说得也很有道理，是你自愿卖的，所以最终只给你追回了六个大洋。王六说这六个大洋留给我喝酒，咱两家是什么关系呀，我们可是地地道道亲戚关系，我能要这六个大洋吗？昨天我送去给你家，结果你家没人，今天正好你来了……"说着淌坏水把六个大洋交给了牛大。

凡事都有凑巧，没过两天，牛大的姑母因在医院治疗无效，被下了病危通知书。医院让把病人接回家，准备后事，但同时也多次告知病人大脑早已死亡，呼吸和心跳是在强心剂和氧气辅助设备下维持的。

回家时，医院再三嘱咐护送医务人员要多用强心剂，加带氧气辅助设备护送，防止护送不到家病人就死亡。这也许是医院考虑到千百年来，每个家庭都希望家中的老人都能够在自己的家中"寿终正寝"的缘故吧。

牛大的姑母被送到家中后，因强心剂的作用，脸色顿时红晕，喘气也好像与常人无异。只是一句句的喊话根本无济于事，她一点反应都没有。用农村的俗话来说，就是临终前的"回光返照"。可一时间，前来探望的亲朋好友都说陈梓敬的母亲陈牛氏的病要好了。

这话传到了淌坏水耳朵了，淌坏水立即向乡公所举报说："陈梓敬家陈牛氏还没断气，就做起了丧事。"这下，淌坏水终于报了牛大家这树他没买成，十个大洋也没能落得全的一口仇恨恶气了。

因淌坏水知道王六与沈二胖是贩树同行，也很熟悉，沈二胖与陈梓敬是亲戚关系，陈梓敬与牛大又是表兄弟关系，牛大家前前后后卖树的事情一定是王六告诉了沈二胖，沈二胖又告诉了陈梓敬，最后是陈梓敬告诉牛大的。

再说淌坏水到乡公所去举报的事情。当乡公所的人赶到陈梓敬家时，老远就听到陈家伤心至极、哭声震天，陈梓敬母亲陈牛氏已经气绝归天。知情的人都骂淌坏水太坏，此事做得太绝，干了这件简直就是断子绝孙的事情。

前面也交代过，淌坏水没当保长发迹之前，什么行当都干过，也做过贩卖棉花生意。坏商人，我们那里也叫作"奸商"，大家都说，商人无商不奸。淌坏水每次将收购来的棉花送到淮河边上的集市去出售，总会在大大的棉花口袋里塞上两瓶凉白开水，若是被买主发现了，就说是自己准备着路上口渴时解渴喝的，若是没被发现，就能让棉花多出个三四斤秤来。

淌坏水当保长之前不愧是生意人出身，不仅点子多，还能抓住那些乡公所、保长等头头脑脑的小官小吏心理，那些小官小吏想占公家的便宜，又无正当理由。

那一年，乡公所要处理卖掉一批树木，就采取了分批分段出卖的方法，这也正是这些小官小吏想从中捞到好处的最拿手的办法。当然了，淌坏水也不是愣人，很清楚这种办法，他之前也这样干过，就是合起伙来扯公家这个"大草堆"。淌坏水还是原来的小把戏，出价时，立即比其他买家出的价格都要高，最后成功买下这批

树木。淌坏水购买这些树木，他心里像明镜似的很清楚，他知道该怎样做，最后能赚多少钱。

夜深人静的时候，淌坏水敲开了乡公所负责出卖这批树木管事的头儿——人称王贪财的王全才的家门，送给了贪得无厌的王全才十个大洋。后来，淌坏水在伐树的时候，就在原来准备出卖的三十行三百棵的数目基础上，多伐了三行三十棵树木。

淌坏水自从当上了保长，也是无巧不占，为了巴结泗县县长老鲁麻子为他撑腰，那真是年年敬奉，总是会给老鲁麻子县长备上他最喜欢吃的季花鱼和那洪泽湖里的银鱼干、炒青椒卷煎饼等礼品。

这一年，眼见年关就要到了，洪泽湖里的浅滩和芦苇荡里已结上厚厚的一层冰，为了弄到鲜活的季花鱼，淌坏水也是绞尽了脑汁想办法。他为了让渔民们砸冰窟下湖捕鱼，采取奖励政策，每上交两条季花鱼可免来年一口人的人头保护费。

毕竟是重赏之下必有勇夫，短短三天时间就捕获到了二十多条大季花鱼。淌坏水立即弄了两大箩筐煎饼、三十多斤银鱼干、四百多斤洪泽湖上等好大米以及菱角米、芡实等物品，安排儿子韩冰驾着自家的骡子车给县长老鲁麻子送去。

淌坏水也知道，这些东西老鲁麻子县长也会送送上司、亲朋好友和手下的一班人。淌坏水送这么多，也是"宁卯一庄，不卯一家"，县长老鲁麻子手下一班人也知道这些东西是淌坏水送来的。

韩冰赶着骡车，很快就将这些东西送到了泗县县城老鲁麻子的府上。韩冰返回时，那叫一个快马加鞭，不知是他心里着急，还是担心他那年轻漂亮的媳妇在家不安全，一不小心，骡车在一个急转弯处侧翻，翻进了路旁的水沟里。骡子车压在了韩冰身上，等过路行人发现，韩冰早已没了气息，一命归西。

　　韩冰不幸去世，一家人哭得死去活来，尤其是韩冰年轻的媳妇周蓝梅怀里抱着的那个不懂事的孩子，过一会儿就伸手去拽拽躺在冰冷草铺上的韩冰，惹得前来探望的人更加心酸难过。

　　淌坏水的弟弟二歪嘴也是伤心至极，边哭边咒骂着淌坏水不是个好东西："要巴结老麻子，他没安好心，要送东西你自己去送，为何要害大侄子，偏偏让韩冰送，老天也是不睁眼看看，让世上好人不长命，却让淌坏水这样的坏人留在世上过千年！韩冰从来未干过一件坏事，老天却要按住他的头。若是淌坏水死了，想我为他流一滴眼泪也没有，我有眼泪还留着给自己洗洗脚后跟呢！"二歪嘴也不满哥哥淌坏水平时的所作所为。庄子上也有人说淌坏水这次安排儿子韩冰出门去办事，是淌坏水另有所谋。俗话说虎毒不食子，韩冰的意外去世，却也没能给淌坏水带来多大打击。

　　俗话说"江山易改本性难移"，淌坏水是狗改不了吃屎。新中国成立后，生产队里为了照顾淌坏水年龄大不能劳动的问题，就安排他到生产队里当饲养员，每天给牛喂喂草、饮饮水、加加料，做一些力所能及的轻快活儿，也好让他生活有个着落。在他当饲养员的两年里，那头花牸牛夜间走失了三次，每次都是淌坏水在河边那片茂密的树林或白茅草地里找到的。

　　花牸牛第四次夜间走失就再也找不到了。生产队长王淮勇立即向大队报告了此事，大队又立即将此事报告给乡革委会，乡里派司法助理员和派出所公安人员前往查看。侦查人员顺着牛蹄印记一路寻找，果然是到了河边牛蹄印记下了水就消失了。侦查人员在河两岸寻找了有三公里之远，发现牛又上了岸。侦查人员顺着方向寻找夜间目击者，终于在一户路边人家得到线索——夜间老汉想起来上茅房，蚊子多，就干脆到路旁的小沟里行方便，看见有人牵着牛向

东北方向去了，那人好像是洋河方向的人。

　　侦查人员在洋河当地的配合下，终于在一杀猪的屠户家里发现了牛蹄角上脱落下来的牛蹄壳子。经过仔细盘查审讯，屠户史三终于承认了前天夜晚用五元钱租了河上摆渡赵二瞎子的船用，与淌坏水勾结好，史三撑船，淌坏水坐在船头上牵着花牪牛，两人一起带走了花牪牛。让花牪牛在水里游，目的就是想让牛蹄印迹在水中消失。

　　淌坏水监守自盗与屠户史三合谋偷牛案真相大白后，淌坏水和史三也得到了应有的惩罚，所得的钱款全部上交，不仅被罚了款，还分别被判刑入狱，监禁三年。

大流氓之死

大流氓出生的那一年，狂风暴雨下了整整一天一夜，雷声、雨声、风声，伴随着闪电交织在一起，形成一种异样的天象。大流氓在这样的日子里出生，他父亲廖海成就认定大流氓这一生不会平凡，他是随着雨水降落、淮河水的上涨而来，是水、是上天的安排，送给了自己一个最大的礼物，因此，就为大流氓起名叫大水。

一

大流氓出生这一场狂风暴雨的确下得不小，田野变成了一片汪洋，到处是气鼓蛤蟆咕呱、咕呱的叫声，直叫得让人心烦。次日，公路两旁高大的柳树被暴风刮得东倒西歪斜躺在水里，一只翠鸟立在露出水面的树枝上，凝视着水面上不时冒泡的白条刁子鱼。鲫鱼、鲶鱼在刚淹没脚面的鱼脊形公路上，或翻滚，或来回直窜，欢快地戏着流动的浅水。

大流氓的父亲廖海成与大流氓的母亲张丽两家人都是淮河上的渔民出身，终日以打鱼、卖鱼为生。他们是在集市上卖鱼认识的，后来逐渐熟悉，每逢到峰山、四河等地的集市上去卖鱼，就结伴而行，他们俩最终结为百年伉俪。

都说百年好合，岁月静好！其实，岁月哪有那么静好，大流氓的出生虽说给整个家庭带来了很多快乐和开心，但也给家庭生活带来了不小的负担。大流氓出生后，母亲张丽一直没有母乳奶水，整个是靠喂米糊、白糖、奶粉来维持着大流氓的生长营养所需。这样的支出，对一个靠打鱼为生的家庭来说是很重的负担，这是不言而喻的。

廖海成被这样的负担压得心力交瘁，也许是他太过劳累，那是一个天还没亮透的一个大早晨，大流氓的父亲廖海成挑着一担鱼到天岗湖集市上去卖，廖海成连累加饿，头晕眼花，厚厚的一层晨雾让他根本就没有看清楚前方的修桥警示，一不小心，一头栽进了深坑里，后脑勺重重地撞在坑下的石头上。等到天亮工人下塘干活的时候，才发现坑里有人，但廖海成已经气绝，无一点生命特征。

大流氓还不到一岁就和母亲张丽成了孤儿寡母。张丽的母亲和父亲极力劝说张丽，把大流氓扔给廖海成的父母抚养，自己也好选一户好一点的人家再嫁，可张丽哪肯舍得放下大流氓这个幼小的生命。

当年，张丽在一个远亲的介绍下，带着大流氓在雪花漫天飞舞、寒风刺骨的季节里，改嫁给杨二逍。杨二逍是一个鸡叫听两省、一步跨三县的泗县山头镇老杨庄人。杨二逍虽说年龄大了一点，但为人很憨厚，母子俩过日子，家庭也很殷实。

俗话说老实人多吃亏，话不说不明，木头不钻不透，这一点也不假。杨二逍平时就不爱多说话，一见到女人脸就红涨到脖子下面，连耳朵都红得像个小辣椒，一旦有女人问话，他甚至口吃结巴得连一句话也说不出来，这也难怪他三十多岁还没找到老婆。杨二逍不仅娶了张丽，还有了一个张丽给他带来的不满周岁的拖油瓶的儿子。杨二逍对这个拖油瓶的儿子也没什么说的，只是他母亲心里总不认为这是自己的亲孙子。

随着时间一天天推移，张丽与杨二逍又有了一对儿女。转眼大水也到了要上学的年龄，杨二逍也很干脆，没加思索，也不费吹灰之力，就干脆将大水乳名连根叫，在乳名前面加个姓，给大水起个学名就叫杨大水。

杨大水后来变坏成了一个地地道道的大流氓，使得人见人怕，但他并不是从娘胎里出来就坏。上学的时候，总是被一群顽皮的孩子追着、撵着喊："杨大水不姓杨，是个拖油瓶拖来的小野种。"杨大水小小的年纪，在心里就对身边这群喊他"杨大水不姓杨，是拖油瓶拖来的小野种"的人充满着一种仇恨，加上奶奶对他和对自己的亲孙子总是厚此薄彼，在杨大水的心里留下了很重的阴影，这使得杨大水学习成绩一滑再滑。

一次班主任王业辉老师在评语中这样写道：杨大水你再不努力，就真的要滑掉到大水里去了！王业辉不愧为老师，预言真是很准，杨大水因成绩下滑，不想上学，父母却又在逼迫他每天上学，于是杨大水干脆借着上学为名，躲到离学校不远的小树林里去捉蛐蛐，采摘茅草、折小树枝等为蛐蛐编织蛐蛐笼，逗着蛐蛐、毛毛虫玩儿。

杨大水只要见到学生放学，就会悄悄地混在学生的队伍后面一起跟着回家。时间长了，老师总感觉杨大水家中有事，在王业辉老师一次家访中，张丽和杨二逍才知道杨大水已经逃学多天。没有文化的张丽和杨二逍对杨大水采取了一顿简单粗暴的暴打教育后，认

为大水会害怕，从此会走上上学的正道。他们哪里会知道这一顿简单的暴打，让杨大水从此就更加厌学，心里总是想着，自己反正又不是他们亲生的。杨大水小学三年级还没念完，就离家出走了，发狠要学习武术，练成少林功夫，回家好揍那些平时喊他拖油瓶小野种的一帮孩子。

说来也是，那几年《少林寺》《少林小子》《武当》《武林志》等一批武术电影在农村上映，风靡一时，到处都能听到"嘿哈、嘿哈"的声音，伴随着踢腿、弯腰等模仿武术电影里演员的动作。这一时期也着实让农村那些男男女女、老老少少追逐得很远，哪怕是隔河渡水，月黑风高的夜晚也要前去看上一场武打电影。但电影场子里总也免不了有因语言不和或为博美女一笑而争风吃醋就拳头相向大打出手的情况。

当时一些青年男性看过武术电影后，回家就在树上吊上个沙袋、铁环之类的东西练习，跟电影里学上一招半式，留上长发，穿上个白色喇叭裤子或穿上一条黄色带红条纹的跑裤，腰间束一根红色的练功带，就觉得自己很了不起，在电影场里走路都是趾高气扬的，就有一种与众不同的感觉。

也许正是这样的一股风，加上仇恨喊他拖油瓶的小野种的那群孩子，这才让杨大水决心走上要学拳、学杂技这条道路，最后惹是生非，胆大妄为，变成了一个真正的大流氓，走上了犯罪道路。学杂技和随后的那两年时间里，杨大水根本就算不上是个流氓，更说不上是个大流氓。

二

　　杨大水十三岁的那一年，也就是小学三年级没念完，就奔向了泗县刘家班马戏团。刘家班马戏团班主刘广才看着杨大水年龄虽小，但体格很棒，也觉得杨大水是一块学杂技、演马戏的好料子，也就收下了杨大水。杨大水很快从后台搬道具、拿衣服、倒开水等散杂服务，逐渐到前台开始跑龙套。

　　刘家班马戏团里有两位年龄稍微比杨大水大一点的女孩子，一个叫英子，一个叫玉巧，都是戏班里跑马戏的马上、马下名角，这两位名角在当时也算是红遍了泗县东北半个天。

　　杨大水在马戏班里学了有两年，班主刘广才也没舍得让杨大水到马背上去遛过一次，每天只有喂马的份。这一天杨大水又去给马儿加草添料，他抚摸着马儿厚厚的深红色鬃毛，自言自语道："马儿呀，马儿呀，什么时候才能轮到我骑在你的背上，到场子里跑两圈？这些风头尽让那两个丫头占了！"

　　"不过，这也难怪班主偏心眼，两个小妖精就跟班主情人似的，整天一起床就给班主请安，问班主好，还给班主洗衣服、端茶倒水，就因班主看中的她们姿色好、马技表演好，能给班主多拉点人气，班主高看她们几眼，就觉得哪哪都搁不下她们了！"说着，杨大水还呸地向地上狠狠地啐了一口吐沫。

　　马槽旁边简易的厕所里正在上茅房的英子听得真真切切，英子把所听到的一切告诉了班主刘广才。刘广才暗自思量，这也是没办法的事情呀，谁让人们都喜欢看美女表演呢？这样做也是在为马戏班的生存着想呀！刘广才越思量越觉得杨大水的心胸狭隘，嫉妒心

和仇恨心理极强，不适合学习气功、耍枪弄棒之类的武术表演。杨大水在马戏班里又无其他过错，刘班主也没有赶杨大水走人的理由，就这样让杨大水在马戏班里平平淡淡待了两年多时间。

杨大水在辞别马戏班回到家后，每天除了帮助父母打理一下田地里的农活，就是练习两腿绑沙袋跑步和翻绑在自家树上的那两只大铁吊环、踢吊沙袋。到了晚上，杨大水就是这个电影场子赶着那个电影场子看电影。早晚凉爽觉好睡，杨大水贪睡得再不愿跟随父母下田了，久而久之便形成了这种习惯，早上总要睡到太阳老高晒屁股，或是被那腹中屎尿憋醒才肯起床。

那一年，正是一个要吃早饭的时候，杨大水才起床，看看家中的早饭还没烧，就到路上张望一下父母下田回来了没有。老远就看见前面的路上一群人围成了一个人丛。杨大水走到跟前也往前凑了凑，伸头看见几个人在玩翻扑克牌，只见一人简单地玩耍着三张扑克牌，让众人猜大王，猜中了，就是压上多少钱赔付多少钱。另外的三个人手中都攥着钱，不断地拽着一个好像是过路的人玩两把，还不断地炫耀着自己一猜就中。过路的那人也是贪财心切，没有经得住炫耀的人撮合，也跟着一块儿玩了起来。第一把猜中了五元，第二把又猜中了五元，接下来的第三把，干脆把身上仅有的准备送给孩子舅家的礼金的二十元钱和刚才猜中分得的那十元钱全都压上，结果没猜中，输了个精光。过路的那人把钱全输掉，就像掉了魂似的一样，一句话也没有，呆呆地站在原地一动也不动。

杨大水虽说年龄轻，也是在马戏团里混过两年多的人，一眼就看出这是个骗局。他看到翻扑克的四个人，刚溜出有五六十米远，就箭步猛追。杨大水是跑步练家子，没几个箭步就追上一个跑不动的胖墩。他一把抓住胖墩的衣领，举起拳头就要打，狠狠地对胖墩说："你把刚才骗我'表叔'的钱给我，咱俩就算了事，不然，我打死你！"胖墩看他还好像是个未成年的孩子，哪里愿意把钱还给他。

一个"不"字刚出口，杨大水就一拳下去了，胖墩鼻口流血。那三人见胖墩被打，就转头回来一起与杨大水交手。但是，三个人一起上也不是杨大水的对手，那伙人只好乖乖地把二十元钱交给了杨大水。杨大水不费吹灰之力就白捞了二十元钱。那四人明知今天被敲了竹杠，但又敌不过杨大水，转念一想，要是这小子能跟自己一起干翻扑克这行当，今后也会少被他人欺负。

只见三人都叫他"老大"的一个人走了过来，拱手抱拳施礼说道："小兄弟出手不凡，看来也是个习武之人——练家子。今口，我们兄弟四人初到贵宝地干翻扑克行当，也是有眼不识泰山，得罪之处，还请兄弟多多海涵。我们兄弟四人谋求在此地'兴业'，也是无依无靠，兄弟如不嫌弃，不如加入我们一伙干翻扑克，保你以后吃香的喝辣的，还有钱耍。"那人一番夸耀奉承和入伙劝说。杨大水觉得这钱来得也特容易，丝毫犹豫之中，一眼就被四人看穿，被打的胖墩双手抱拳："小兄弟，咱们是不打不相识，今天到前面蔡老五家饭店，我请客，千不该万不该，我们今天不应该赢小弟表叔大人的钱。"

杨大水在那四个人的说着讲着中，被连推加拽，拥进了不远的蔡老五家饭店。四人中，一个瘦高个子被称作老三的人高声叫喊着："蔡老五，咱兄弟五个还没吃早饭呢，赶紧过来看看，有什么好吃的没有。"

蔡老五闻声急忙出来应声问道："五位里面请，小包间'金兰厅'，五位想吃点什么？店里有卤肉、猪蹄、猪耳、青椒、香肠、

干丝……"

瘦高个子老三高声叫喊着："来一盘猪头肉，另外五香花生米、芹菜炒干丝、清蒸肉圆、瓦块鱼各一盘，再来两瓶长脖子分金亭大曲，如不够吃的话，再给我们上。"不多一会儿，蔡老五吩咐女儿蔡雅玲把五位客人的酒菜端上了桌。蔡雅玲嘱咐五位慢慢享用，如不够再吩咐一声，说着便退出了包间，让他们五位尽情地享用。

杨大水是第一次喝酒，在马戏班的时候，师傅刘广才是绝不会允许他喝酒的，生怕他误事或出什么岔子，毕竟玩杂技、跑马戏混饭吃的这个行当，都是刀尖上舔血的活儿。杨大水第一口酒下肚，就觉得喉咙里面像是被许许多多的小小软针扎了一样刺疼，他还差一点就打了个呛鼻。几杯下肚之后，杨大水就感觉到肚子中有一股暖流在缓缓移动，酒经过喉咙时，不再像第一杯那样有针扎的感觉，而是异样的畅快淋漓，有一股醇香在口齿之中弥漫留香，眼角也觉得热辣辣的，视力有点模糊，人有点漂浮迷离的感觉。杨大水在酒的作用下与他们四个人称兄道弟，好不痛快。言谈中得知瘦高个子叫王顺青，大伙都称他"老大"的叫俞广志，来自临边黑塔镇；胖墩叫张三，不高不矮的年轻人叫阎富殿，分别来自山头镇、刘圩镇。

五个人真是臭味相投，一拍即合。很快，山头、刘圩、黑塔几个乡镇街头要道几乎都被他们翻过扑克行过骗。他们五人也是分工明确，三人翻扑克，路的两头一头一个在放哨，若是有派出所警察或联防队员来抓赌、抓骗，放哨的就装作是路人，大声给公安人员指引："就在前面，赶紧去抓！"其实这一声大喊也就是在给翻扑克牌的三个兄弟通风报信。若是那三个人还没听见，就猛地向公安警察相背而行的方向跑出一段距离，估计公安人员追不上了，就吹起口哨，通知他们快速逃离。多次都是因这样，五个人在公安人员抓赌中得以快速地逃脱掉了。

那是一个星期天的中午，杨大水几人又在翻扑克，行骗过路人员，正巧遇着了武警部队军转干部梁宇军。梁宇军刚刚被安置在山头派出所担任派出所指导员，这天穿着一身便装要到岳父母家去看望岳父岳母，碰巧杨大水他们五个人正在翻扑克行骗一名过路人。梁宇军扔下自行车就直扑翻扑克现场，恰巧一把抓住了杨大水，与杨大水扭打起来，其余的四人还没愣过神来，梁宇军就用膝盖连向杨大水的小腹上捣了两下。杨大水虽说被梁宇军用膝盖连捣两下子，但他仍旧面不改色，一点也没有惊慌的感觉。杨大水也真不愧是在马戏团里练过气功的人。

后来，其余的四个人见也无他人帮助这个来抓赌之人，就五个人一起上。指导员梁宇军一人很难敌众，杨大水他们五个人很快就从梁宇军的手里逃脱了。

事后，杨大水五个人一打听才知道梁宇军是武警部队军转干部，也是刚调配到派出所里来新任的指导员。之后，杨大水五人最终商量决定，最近一阶段还是收手，安安稳稳地回家才好。

那时候，有一首轰动一时、人人能唱、脍炙人口的歌曲《摘石榴》，唱的是一对一对的谈恋爱，因双方为了争风吃醋，话不投机，打仗斗殴根本就不算个事。最终是看谁出手狠，谁会玩命地往死里打，谁就是王者。一时间人们把爱打仗闹事，打仗不要命，做事耍无赖，留长发，走路说话又流里流气的这类人称为"小痞子"或叫作"流氓"。

三

这一天傍晚，杨大水从山头街上回家，遇到一起同路回家的初中三年级学生徐彩霞。徐彩霞正值青春豆蔻年华，留着一副学生式的蘑菇头发型，模样长得十分俊俏可爱，在班里也是很多男同学心目中的偶像。路途中杨大水很快搭讪了徐彩霞，得知徐彩霞就是邻边村的学生，正在山头中学读初中三年级，回家正好要经过杨大水家门前。走到杨大水家门前的时候，杨大水很客气地邀请徐彩霞到家里喝点水歇歇脚什么的，却被徐彩霞婉言拒绝了。

以后徐彩霞每次上下学的时候都会巧遇杨大水与自己同路，这让徐彩霞心里犯起了嘀咕。有一次星期六放学，徐彩霞干脆不回家，去同学家里度过。第二个星期六的下午，杨大水就直接在校门口等候徐彩霞，徐彩霞低着头，装作没看见他，硬着头皮往前走。无人的时候，杨大水一把拉住了徐彩霞，质问徐彩霞为什么躲着自己。杨大水也趁着这个机会向徐彩霞表白，说自己喜欢她，这辈子除了她谁也不娶。

徐彩霞知道杨大水是个爱打架的小痞子，然而独自一个人又不敢反抗，其实她也是想敷衍杨大水："我现在还是在上学期间，婚姻的事情自己不敢做主的，这事必须要让父母知道后同意才行。"徐彩霞的话让杨大水听了感觉很有道理，也没有太为难她，就让徐彩霞回家了。

又过了两周，杨大水直接拦住了徐彩霞，询问徐彩霞父母同意了没有。徐彩霞明知父母不会同意，怎么敢去问父母呢？她本能地认为一句父母不同意，杨大水就不会再纠缠她。

可是徐彩霞哪里知道杨大水会直接把她拖进屋里，掏出了刀子，要去给徐彩霞父母"放放血"！徐彩霞被吓得一愣，她也知道杨大水是个小痞子流氓，说过的话是绝对能做得到的，就苦苦哀求杨大水不要伤害自己的父母，等自己毕业了再嫁给他。

对外而言，大家都亲眼看见杨大水与徐彩霞一段时间以来，一路上来来去去一直在谈恋爱。但是，大家哪里会知道是杨大水在跟踪徐彩霞和死缠烂打，强迫徐彩霞跟他谈恋爱。

说实在的，徐彩霞在学校读书就如同一朵美丽的玫瑰在百花园里静静地开放，遇到了杨大水这个大流氓，就像被折了枝的鲜花，遇到了烈日曝晒，很快就蔫巴了！由于徐彩霞未到校，很快学校就通知了家长，家长也很快从庄亲庄邻口中得知徐彩霞在杨大水这个大流氓家里。徐彩霞的父母气不打一处来，径直找到杨大水家要人。

杨大水这个大流氓哪里肯放人，口口声声说他与徐彩霞是自由恋爱，要不然叫徐彩霞与父母对质。徐彩霞在大流氓威逼下，不愿意看到父母遭罪流血或是暴尸村头、路口、荒滩，变成冤魂屈鬼。

为了相安，徐彩霞强忍着泪水，向父母表白：自己与杨大水是自由恋爱，自己已经是杨大水的人了，"生是杨大水家的人，死是杨大水家的鬼"，是自己不孝，让父母只当从小就没有这个女儿！徐彩霞说着，眼含泪水，一头扑倒屋里的床上。杨大水当着前来看热闹的众人之面，向徐彩霞的父母义正词严地说："看看！我说的话一点不假吧，我与徐彩霞是自由恋爱，她不愿意回去，这一点大家都可以为我作证，不信你问问他们！"前来要人的徐彩霞的父母愤愤不平，更多的是无奈，垂头丧气地回到家里，也只好当作就没有这个闺女罢了。

大流氓生性机灵，当然啦，人长得也不算丑，肌肉健弹，流露出一种英姿逼人的气质。只是他留着一头披肩发，两个嘴角和嘴唇上留着的那浓密黑黑的八字胡须，再加上他一双黑里发蓝的眼睛，让人直视后心里直发怵。

在当时，大流氓的凶相和名声在当地真是家喻户晓，说他能吓唬小孩，一点也不为过。有的时候，孩子耍脾气哭闹不停，大人怎么哄也哄不好的时候，只要说一声"大流氓来了"，小孩就会立马止住不哭，如果孩子的胆量小一点的话，甚至会被吓得两腿筛糠。

徐彩霞跟了大流氓之后，大流氓整天游手好闲，没钱花。这当然也不是个事呀，大流氓也在不失时机地寻找适合自己做的事情。一天傍晚，庄子上来了个玩杂技的小杂技团，太阳还很高，就敲着锣鼓到处宣传招引乡亲乡邻前往观看。第二天，到庄子上请一些所谓出头露面的能人，挨家挨户地到门上，要一些施舍或叫赠予的小麦、玉米之类的粮食，作为前一天晚上观看和他们几个人杂技演出的辛苦费用。

说来也巧，那班小杂技团也许是早已打听好了大流氓在当地的名声，才来此地演出。晚上时，黑夜被汽油灯照得灯火通明，场子四周人头攒动，围成一个大大的圆圈，锣鼓声、笑声、叫好声不断从场子里传向四方，抽鞭子、舞大刀、吞剑、钻火圈、上刀山、轻功表演、鸡蛋上独立、玩魔术等杂技表演，玩了近两个小时。

第二天大流氓刚起床，杂技班领头的曹二就带领杂技班的一名人员，赶到了大流氓家里，双手递上香烟，一边准备点火一边恭维道："小的初来贵宝地混口饭吃，昨天下午刚到贵地，也没有来得及到您的贵府拜访，今天早上才得以有时间，特来拜访，还请兄弟多多包涵。"说白了，大流氓也是在外面混过的人，他深深知道江湖上"在家靠父母，出外靠朋友"的简单道理。

　　他没有多加思索，就将来人请进屋里坐下说话，又让徐彩霞起来给来人倒了碗开水。交谈之中，大流氓得知来人名叫曹二，家住黑塔镇，几个人散凑一个简单的杂技表演班子，今天早上前来主要是想请大流氓帮忙，到各家各户的门上讨一些粮食充当前一天晚上的演出辛苦费用。

　　大流氓虽然不会抽烟，但曹二还是塞给了大流氓两包大前门香烟，大流氓不收，曹二也是很会说话："我知道你杨兄弟不抽烟，但你为人直爽，到各家各户门前，向人家讨要粮食，总得要与人家客套一番，递上一支香烟吧。"大流氓被曹二堵得无话可说，也就欣然收下了曹二的两包大前门香烟。

　　在大流氓的答应下，曹二的另外一个兄弟推着独轮车，曹二一手提着钩秤、一手抓着挎在肩膀上的竹篾篮把子，跟在大流氓的后面，从东向西开始一家一户地上门讨要粮食。曹二首先给户主递上一支华新烟，若是户主会抽烟，曹二会赶忙给户主点上火，介绍来由："昨晚乍来贵地，演得不好，还请老板行个方便，给点辛苦费，或给点粮食也行。"

　　20 世纪 80 年代初期，虽说土地联产承包到户，农村基本上是家中不会有余钱，都是家中需要用钱时，就到街上卖点粮食。户主自然也会哭穷："今年收成不好，家中也没多少余粮。"户土这样说，主要是因为不知道要多少粮食才能过这一关，又考虑到人家来此地演出，自家的一家老小又的确去观看了人家表演，不给人家一点辛苦费，从良心上也说不过去。况且是大流氓出面讨要辛苦费用，哪里敢不给呀，就是换上庄子上其他出头露面的人或是生产队长来，也得不看僧面看佛面，照样给。大家都是乡亲乡邻，大流氓

很知道各家各户的心思，就会主动开口："按照每户人头数给得了，每个人头一斤小麦或一斤玉米。"

大流氓说出的数字，各家各户哪有敢不给的，只好如数从缸里或屯子把粮食端出来。一场演出下来，总共从东西两个庄子上讨收了5蛇皮口袋粮食。杂技班主曹二收完了粮食又到了大流氓家门口，曹二很主动地把一小口袋粮食搬进了大流氓家的屋里，作为大流氓帮忙的辛苦费用。推来推去大流氓也不好意思，在曹二他们的劝说下，恭敬不如从命，最终大流氓还是只好笑纳。大流氓虽然人很坏，但在江湖上混的一帮人中，算是个比较豪爽的人。大流氓也很热情，忙命徐彩霞去烧锅做饭，准备要留曹二几个人吃饭。

喝酒间，曹二也深知大流氓"老虎不吃人，人人怕的威名在外"。为了杂技班增添人手和增加收入，曹二就主动邀请大流氓加入自己的杂技班子。曹二的邀请正中大流氓的下怀。曹二又允诺演出所收入的钱粮，除了购置必要的演出道具之外，余钱兄弟几个人平均分，只要演出收上来的粮食一卖掉，大家就分钱。曹二的邀请与允诺无疑让大流氓看到了赚钱的希望，况且这种赚钱方法还不违反法律法规。大流氓也是很爽快，当场就满口答应："只要几个哥哥不嫌弃兄弟无才无德，小弟定会全力以赴，有多少力会卖多少力演出。"

曹二的杂技班子在大流氓的加入下，又在当地相邻庄村连续表演了几场，大流氓的收入也算得上是丰厚。大流氓参与的曹二杂技演出不断在临边乡镇开疆拓土。演出的路程相对较近时，大流氓都是早出晚归，路程相对较远时，大流氓则是前一天晚上演出，第二天早上八九点钟开始挨家挨户上门讨要粮食，粮食处理事毕之后，都是要回家看看的，因大流氓也害怕自己不在家时老婆有变。

那一年多的时间里，大流氓的武术、杂技表演红遍了一方，大人小孩都知道大流氓武术表演功夫很是了不得。每每表演的场子外面有人为了一言不合、争风吃醋的大打出手影响到表演时，大流氓便会出手，用拳头武力解决双方厮打争斗。争斗双方往往都是敢怒而不敢言。也许正是这样，大流氓养成了用拳头管闲事的习惯。

四

那是一个农历的七月天，大流氓和往日一样讨要完看过前一天晚上演出的各家各户的粮食后回家，走到山头小街后面河底时，看见赵三胖带着胖墩儿子赵大宝在河底卖猪肉，正与买肉的胡大奎发生争执动手打起架来，胡大奎明显不是赵三胖爷俩的对手，加上赵三胖爷俩满手都是猪肉上的血渍、油渍，胡大奎被打得看上去满头满脸都是血。周围有很多赶集的人围观，也没有一个敢上去劝架或拉仗的。大家都怕赵三胖爷俩手中的杀猪刀，不是怕他砍，而是怕被他们手中的杀猪刀无意间划到，围观的人害怕得不偿失，一旦被划到就是个不得了的事情。

这时正巧大流氓经过此处，大流氓看到赵三胖爷俩都拿着刀，又看胡大奎明显吃亏，满身污渍血迹，也不论三七二十一，不管谁是谁非，蹿上去就对赵三胖爷俩一顿拳打脚踢。赵三胖爷俩被打得鼻口、满头满脸都是血。赵三胖爷俩当然知道他是大流氓啦，手里握着杀猪刀也不敢砍他大流氓一下，只有口头上发发狠，大骂大流氓而已。而赵三胖越是骂大流氓就被打得越狠，直被打得瘫坐在地上。

不知是围观者谁发现了河堆顶上开来一辆黄吉普车，才有人高

声喊道："派出所来啦！"大流氓这才住手。大流氓定睛一看，从吉普车上下来的正是派出所指导员梁宇军和两名联防队员。大流氓一见是指导员梁宇军来了，也就顺着人群缝隙悄悄地向着河底下的小桥上快速移动。等梁宇军从河堆顶上赶到河底下，拨开人群，才发现卖肉赵三胖爷俩被打得满头满脸都是血，急忙询问赵三胖爷俩是因为什么事情，是谁打的。赵三胖爷俩哆哆嗦嗦话还没说完，就有围观者说："是大流氓打的！"

梁宇军急问："大流氓人呢？"

"他在那呢，正向河北岸跑去了！"一个声音很大的围观者，手指大流氓离去的背影，回答着梁宇军急切的问话。

梁宇军在围观者的指引下，发现了大流氓的背影，连跨几个箭步，高声叫喊："大流氓你给我站住！站住！"

梁宇军越是叫喊站住，大流氓跑得就越快。转眼间，大流氓就钻进了河北岸的蚕桑地里。只见大流氓跑过的桑枝和桑叶在枝头上剧烈摇摆，梁宇军弓着左臂膀挡着眼前的桑条和桑叶，右手从腰间下屁股后面的枪套里拔出了他的五四式手枪，紧追其后，高声叫喊："站住！站住！不站住我就开枪了！"说着就向天上开了一枪，这一枪是对大流氓进行鸣枪示警。大流氓听到枪声，跑动速度就更快了起来，真的是如同射箭，跑得比兔子还快。

大流氓瞬间从两三米宽的小岔河烂泥里一跃而过，已跑到了堆顶上。大流氓转脸偷望了梁宇军一眼，发现梁宇军正陷在小岔河的烂泥里。由于梁宇军是个大块头，烂泥一下子就淹没到他的大腿根部，一时间挪不动，很是艰难。大流氓见梁宇军陷进烂泥里，瞬间从腿上的绑腿里拔出了一把一尺来长的锋利匕首，从堆顶上猛扑下来，直扑梁宇军。梁宇军也是眼疾手快，也许真的是一个人在危机关口，就会有一股庞大的力量，梁宇军连续几个纵身，便从烂泥潭里纵了出来，转眼间已上了岸。大流氓一看梁宇军上了岸，又转身向堆顶连爬加跑，瞬间越过了堆顶。等梁宇军翻上了堆顶，大流氓已蹿到堆下的稻田埂上，欲从稻田埂上向北逃窜。

　　梁宇军双手握枪，只听"砰"的一声枪响，大流氓倒在稻地里左右翻滚，水稻被压倒一大片。一些追上来看热闹人群高声叫喊："哟，打死人喽！"梁宇军立即制止群众："不要胡说，我这是'麻醉枪'，过一会儿他就好了。"说着，梁宇军把手枪插进枪套，带着浑身烂泥小步跑，奔回了吉普车，离开了现场。梁宇军离开现场后，直接让司机驱车前往宿州专区投案自首。原来梁宇军那句"不要胡说，我这是'麻醉枪'，过一会儿他就好了"是为了稳住当时群众躁动的心理，防止有大流氓的同伙在场，引发对群众和自己不必要的麻烦。

　　那一年年终，梁宇军因正当防卫，开枪打死了大流氓，为当地群众除去一害，被宿州专区表彰，荣立了二等功。

　　　　　　　　　　　　2022年刊发于《今古传奇》第3期

最终的下场

　　一场暴雪过后，虽说已是早春，还是春寒料峭，十七岁的沙莎领着爷爷、奶奶在小站上等候着爸爸归来。一阵风吹过，黑方巾下面那几根灰白头发在满脸黑黄的老年斑的映衬下，沙久丰的母亲杜怀英显得更加苍老。她不时向远方望去。杜怀英期盼着儿子的归来已经十七年了。杜怀英的儿子沙久丰因杀人放火，被判无期徒刑入狱，最终监禁刑罚十七年改为假释，沙久丰成了一名社区矫正对象，在社区服刑。沙久丰在社区服刑期间，因故意隐瞒自己的卫星定位行踪，不假外出，结果在铁路轨道上被火车轧断了双腿，成了一个真正意义上的"家里蹲"社区矫正对象。

一

　　俗话说得好，命运是掌握在自己的手里，有什么样的人生，就有什么样的下场。沙久丰平生最大的爱好就是打仗、闹事、酗酒，酒后不仅会耍无赖，还常常发酒疯，最终成了一个地地道道的耍无赖地痞流氓。

166

　　沙久丰出生在苏北一个偏远的小乡村，这里在 20 世纪 60 年代中后期虽说贫穷，但沙久丰从没有饿过肚子或受过一丁点委屈。因为沙久丰是父亲沙庆春、母亲杜怀英的心头肉，更是爷爷奶奶日思夜盼传宗接代的独苗苗。父母把沙久丰捧在手心里怕飞，放在嘴里又怕化了。

　　父母对沙久丰的偏爱和溺爱，让六个姐姐也非常不满，也很气愤沙久丰总是仗着父母的宠爱欺负她们。每次父母做上一点好吃的饭菜，他的碗里本来就已多放了很多，但沙久丰每次吃不足还会到姐姐们的碗里去抢。

　　有时他因抢姐姐们碗里饭菜被姐姐们打哭，姐姐们也会因此受到父母的责骂，甚至会挨父母的打。也正是这样的娇生惯养，才导致他的性格处处想着占上风、占便宜和耍无赖。

　　小街离沙久丰家很近，就在沙久丰家门前逢集，一些到小街上来卖瓜、卖枣的乡亲乡邻，或是因在他家门口摆上个瓜枣摊子，或是因给他们家带来出行不便，总是在临走的时候把一些剩下来没卖完的瓜枣送一些给他们家，这些东西大部分都进了沙久丰的口中。

　　沙久丰的几个姐姐几乎都没读过书，只在参加农村扫盲班的时候认识了几个字，可到了沙久丰上学的年龄，父母立即就把沙久丰送去上学了。这也许是因为沙久丰的父母迫切希望这个沙家唯一的男丁能够有点出息，将来也好能出人头地。但事情往往都是事与愿违，沙庆春、杜怀英夫妇俩越希望沙久丰能有点出息，他却越是不成体统，整天就想着吃吃喝喝，大脑里一点也装不进书本上的知识。

　　一次上学的路上，沙久丰偷了路途中阮玉堂家的黄瓜，阮玉堂直接找到了学校班主任陈忠良。陈忠良作为班主任，只好给阮玉堂赔礼道歉，此事才算事了。陈忠良送走了阮玉堂后，狠狠地批评了沙久丰，气得用教棒在沙久丰的手掌打了两下，让沙久丰到教室门前站着反思，以后好长点记性。

沙久丰从小就是在父母手心里捧着长大的，他怎么也受不了陈忠良的两教棒和教室前面的体罚站。沙久丰的父母知道儿子被陈忠良老师体罚站和打了两教棒，径直找到学校校长曹立来，要求此事要给他们家一个说法。

校长曹立来也是被他们家找得无奈，只好向乡教委汇报，请求乡教委把陈忠良调配走，免得沙久丰父母再次来找。乡教委为了避免沙久丰父母对陈忠良的调配说法不满意，只好把陈忠良调配到乡最边远的一所小学从教，两年后才把陈忠良老师调配到离家不远的一所小学从教。

真是"清风不识字，何故乱翻书"，沙久丰对书本就根本看不进去一点，又谈何能学进去知识呢。自从上学起，沙久丰的语文、数学两门功课考试就从来没有及格过，有一次数学才考了三分。即使这样，沙久丰的父母也很欣慰，毕竟儿子沙久丰能认得"男女"二字，并能歪歪扭扭写出自己的名字，不至于到乡里、县城里上错男女厕所。

每每考试后，沙久丰就会把发下来的试卷揉成纸团扔进放学回家路旁小沟的草丛里。正如那首脍炙人口的打油小诗："小子本无才，老爹逼我来。白卷交上去，鸭蛋拿下来。"学校老师也是拿沙久丰没办法，每次考试班级评比，班主任只能眼睁睁地看着沙久丰拉其他同学平均分，班主任也只好一年一年地推着他往上升级。沙久丰仅仅念完小学四年级就辍学在家，不论父母劝说、老师来找，他都再也不愿到学校去了。

二

沙久丰虽然不上学，但也不愿做体力活，更多的是父母也舍不得他干，家中的一些农活根本就不够父母使唤他几个姐姐干的。整天吃饭睡大觉，晚上赶电影场子或是赶谁家老人去世晚上吹喇叭的表演场子。

久而久之，沙久丰就跟街上几个小混混混在了一起。沙久丰还和一帮小混混们搞起了义结金兰，形成了一个把兄弟的小集体。可别小瞧这个小集体只有七八个人，他们个个胆子可大着嘞。他们总是认为："就算哪天我惹出了点麻烦，摊上了点小事，我身后还有其他兄弟会为我帮忙撑腰的！"

那个年代，正是这样的思想助长了这些小集团向一些武打电影里面的内容学习，但也的确助长了沙久丰的胆量。往往一言不合，他便出手就打。被打之人并不是因为害怕他沙久丰，而是害怕他打起仗来不要命，以及他背后的小集团里那一帮不要命的光棍汉。人家都是上有老下有小的人，谁会与他们拼命，也只好认怂了。这样一来，就更加助长了沙久丰的一帮人在普通群众中所谓让人怕的那个"威名"。

一次，沙久丰渡船要去赶临边的一个小街，一个与沙久丰年龄相仿叫李成的小伙子与沙久丰争抢渡船去赶街，结果就在船上打了起来。双方你一拳、我一脚的，吓得其他乘船之人纷纷逃上岸，不敢乘船。沙久丰与李成从船上一直打到了对岸，也没能分出谁胜谁负，四周围观的很多人，也没有一个敢上前去拉架、劝架的。围观者中不知是谁说了句："乖乖，今天沙久丰打架好像没占到上

风！"

这一句话不说不要紧，李成听了顿时没了先前那股子劲了，就像皮球泄了气一样。沙久丰却是越打越厉害了，顿时拳打脚踢如同雨点一般落在了李成的身上。只见沙久丰跳起来，飞起一个二踢腿，直踢向李成胸口，痛得李成双手抱住胸口无还手之力，沙久丰趁机又"砰、砰"两拳打在了李成的脸上，随后又在李成的脊背上踹了几脚。只见李成鼻口流血，满头满脸都是血。围观者见此情景害怕要打出人命，纷纷劝说："沙久丰今天你是'好佬'！不要再打了，这样会打出人命的！"

沙久丰越听众人劝说越是个"人来胜"，要求李成给他下跪，并喊他"答答"。这在当地算是最狠毒的一句话了，意思就是让人家给他做儿子，说大家是自己与人家妈妈一起睡觉生出来的。众人为了保住李成的小命，不再被沙久丰毒打，就将李成扶起来，跪在沙久丰面前。李成被打得根本就讲不出来话，肿胀的嘴巴和满嘴的血渍，只能喊出一个发音不准的"大"字。沙久丰在众人的劝说下才住手罢休。他用手拍了拍身上的泥土，划了划额前那一绺耷拉下来而又零乱的长发，嘴中还骂骂咧咧，得意地扬长而去。

此事刚过有十来天，徐斌、徐宝两个小兄弟骑着自行车去赶集，反正他们年龄小，也不知道死活是咋回事。可能是他们见物联想吧，也可能是由于条件反射，兄弟俩路过沙久丰家东面的那条小河时，边骑车边聊天，弟弟道："哥，我听说前几天沙久丰因为打了李成，被派出所抓去关起来了！"

"这事我没听说。"哥哥回答道。

谁知道"路旁说话草棵地里有人"，这话被河对岸正在水边芦苇丛中刷鞋的沙久丰听见了。沙久丰腾地站起来厉声大骂："你两个杂种给我站住，我打死你个小狗日的！"说着沙久丰扔下了手中鞋和鞋刷子就扑下了河。徐斌、徐宝小兄弟俩见此情景，吓得飞一般骑着自行车溜掉了。当然了，沙久丰跑得再快也追不上自行车两个轮子飞一般的转动，更何况沙久丰还要从河的对岸游到河的这岸来。

沙久丰整天与一帮所谓哥儿们的小混混混在一起，靠向父母伸手要钱和对一些个体工商户或是一些个体小企业的老板敲敲竹杠弄两个钱喝个酒、洗个头、剪个发。他留着一头长发，染个黄颜色，还扎个小发髻髻，如果不是有胡子和个子高大，很难让人分辨出来这到底是个男人还是个女人。

俗话说"男人不坏女人不爱"，沙久丰一帮人整天酒足饭饱后，便是满嘴淫词秽语，一起谈论着发廊里的哪个女人漂亮，哪个女人是丰乳肥臀，哪个女人性感得像个港台明星。很快，一个叫陈燕妮的发廊学徒看上了她心中所谓的英俊潇洒、有本事、在社会上能吃得开的白马王子沙久丰。

这真可谓是"鱼奔鱼虾奔虾，乌龟就找大王八"！陈燕妮很快就与沙久丰坠入了爱河，婚后不久就诞下了一名女婴。沙庆春和杜怀英老两口本以为儿子沙久丰娶了儿媳妇陈燕妮成了家，又有了个可爱的小孙女沙莎，会有所收敛，能安安稳稳过日子。沙庆春和杜怀英老两口真的是想错了，殊不知沙久丰是在很小的时候就被他们惯出了很多坏毛病，又加上他在社会上与一些不三不四的小混混混在一起，早已养成了一些坏习惯。真可谓是"江山易改，本性难移"，想让沙久丰在很短时间内改变，几乎是一件不可能的事情。

小沙莎的出生，加上陈燕妮不能工作，一家人的日子就过得非常捉襟见肘。爱情往往都是美好的，婚前总是花前月下，静静地躺在小溪边、绿草地上，仰望着瓦蓝的天空甜言蜜语地说着两个人内心的悄悄话，憧憬着自己美好的未来。当爱情进入了婚姻，就是要回归原本，要过日子，两个人要为柴米油盐、生儿育女、家庭建设、赡养父母而四处奔走着。

然而，沙久丰整天还是和他那帮的所谓好兄弟小混混混在一起，天天喝酒喝得满脸通红，醉醺醺地回到家中就是呼呼大睡，根本就不管家中老婆孩子和父母的度日如何。陈燕妮生产小沙莎的时候，正值农历十月中下旬，一切都变得非常萧条，就连河面上的几只鸭子也不愿多动弹一下，河边的柳树枝条上，仅存的几片柳叶在晚风的催促下，也快速地藏进了满头白花的芦苇丛中，一切都显得水瘦山寒，格外的冷清。

午饭过后，沙久丰又是喝得酩酊大醉回到家中，陈燕妮为生活所迫，埋怨沙久丰不为家庭生活着想，夫妻俩拌嘴吵起了架来。沙久丰自从出生都是在父母手心里捧着长大的，从来就没受过他人的白眼，他哪里能受得了老婆陈燕妮的埋怨。"整天无所事事，就知道跟一些狐朋狗友在一起吃吃喝喝混肚子。"这样的一席话的确刺到了沙久丰敏感的神经，他顿时火冒三丈，说着就与妻子陈燕妮动起手来，当然了，陈燕妮一个正坐月子的弱女子，哪能是沙久丰的对手呢！

沙久丰揪住陈燕妮的长头发就往家东面的小河里拽，沙久丰的父母拿棍打和拦着也没有拦住沙久丰。沙久丰揪住陈燕妮的头发在冰凉的河水里闷来闷去，直闷得陈燕妮奄奄一息，在父母沙庆春、杜怀英的捶打中才住手，杜怀英夫妻俩将陈燕妮拖回家。沙久丰与陈燕妮这一次打架，正是陈燕妮生产小沙莎时的月子期间，陈燕妮染上了伤寒，得了肺痨和月子病，医了很长时间也没有医好。眼见着陈燕妮一天天瘦弱下去，就是不见好转，陈燕妮一病不起，小沙莎还不满周岁，陈燕妮就撒手人寰一命归西。

陈燕妮的父母恨透了女儿当初不听父母的话，一意孤行偏偏要嫁给沙久丰这样的地痞小混混，说什么将来不会受人欺负，到头来是自己被沙久丰欺负到死。陈燕妮的父母更恨透了沙久丰这个无恶不作的地痞流氓，恨透了他害死了女儿陈燕妮，却又苦于拿不出直接证据能证明沙久丰害死了自己的女儿。

三

世上的事真是无独有偶，陈燕妮刚去世不久，一名叫卢莉的四川打工妹在酒都洋河一家饭店打工，因沙久丰经常和一帮所谓的兄弟们去吃饭喝酒，时间长了便认识了沙久丰。也许卢莉从四川远道而来不知道沙久丰的生性人品，也许是她一个人在外面对生人、生地方有一种害怕的心理，希望能寻找到一种不被人欺负的安全感或是安全的避风港。加上有着和陈燕妮同样的心理——嫁给沙久丰将来不会被人欺负——使得卢莉很快就与沙久丰结为夫妻。沙久丰还和以前一样，整天无所事事，光顾着和所谓的兄弟们在一起吃吃喝喝，帮助他人出出气、打打架，挣两个钱吃吃烟、喝喝酒。

时间长了，卢莉也知道沙久丰的生性与人品，采取了对沙久丰不管不问的办法，自己整天与刚出生的女儿蔓蔓相依为命度日子。卢莉的父母都远在四川，卢莉与沙久丰结婚两年的时间里，只有在女儿莉莉结婚的时候来过沙久丰家一趟。只恨路程太遥远，无法经常来往和相互看望。

也正是个炎炎的夏日，卢莉将一头长长的黑发剪下来卖给了经常到门前叫买"有头发小辫子拿来卖"的山东人。卢莉那一头长长的黑发，不止一次让来门口来收购头发辫子的人上前论过价钱。可他们每次都只出 60 元，唯独这一天来的这个山东人一口就出价 80 元，这才让卢莉动心把长辫子剪下来卖掉，剩下一头很短的短发。

卢莉把长长的辫子剪下来卖掉，不仅仅是为了凉快和每天梳洗扎头的方便，更多的是可能出于生活窘迫而无奈。否则，哪个女人不爱美？哪个女人又不爱自己黑发飘飘和长发及腰的耀眼亮丽呢？

沙久丰歪歪扭扭带着朦胧的醉眼到家时，一眼看见自己的老婆卢莉的长发变成了很难看的短发，心中生气，便质问卢莉为什么把长发剪短了。卢莉说："我自己的头发，我剪不剪短是我自己的事，关你什么屁事！"就是这样的一句话，卢莉根本没有料到会葬送掉自己的一条命。

只这样的一句话，便激怒了沙久丰。沙久丰顺手从厨房里摸起了一把菜刀冲了出去。卢莉一看沙久丰摸起了菜刀，这才反应过来，撒腿就往门外跑，边跑边喊救命。沙久丰见卢莉跑了出去，就直接举起菜刀朝卢莉的后背方向扔砍了出去，卢莉在奔跑的过程中，被菜刀深深地砍在了大腿上。

因是炎炎的夏日，卢莉只穿了一条薄薄的裙子，卢莉的大腿上鲜血直往外流。沙久丰虽然已醉，但还是意识到出事了。他整天只知道喝酒，根本就无一点医学知识，也不知道这时候最需要的是迅速绷紧和包扎好卢莉的伤口进行止血，只知道要把卢莉送往医院抢救。沙久丰便拉来了自家小板车，急忙抱出了自己被子，把卢莉放到板车上的被子里，前往村卫生室抢救。然而动脉血管被砍断，血流不止，可想而知会是什么样的结果。

当沙久丰把卢莉送到村卫生室时，卢莉因失血过多，已无生命特征。卢家人知道女儿出事后，迅速从四川赶来，愤怒地要求地方公安机关、司法机关严惩沙久丰的行为，好为女儿之死报仇雪恨。公安与司法机关那是国家的政法机关，只能依据法律法规行事，首先控制了沙久丰，对此案进行了侦破，对沙久丰醉酒与妻子卢莉吵架，砍杀卢莉致死的前前后后进行了细致侦查，最后人民法院量刑的时候，判处沙久丰无期徒刑。卢家人不服这个判决结果，要求上诉，要求人民法院判处沙久丰死刑。

人民法院在二审时维持了原判，判处沙久丰为无期徒刑。人民法院认为沙久丰的行为造成卢莉死亡，实属恶劣，但是醉酒后的行为，事发时沙久丰又主动施救，将卢莉送往医院抢救，对沙久丰处于死刑会有失公允。最终，卢家人要求带走女儿卢莉骨灰，在当地调解部门的调解下，卢莉父母带走了卢莉骨灰和卢莉不满周岁的孩子。

直到此时，沙久丰年迈的父母沙庆春、杜怀英带着沙久丰和陈燕妮留下的孩子沙莎相依为命时，才真正明白自己太无知，一味地娇生惯养着儿子才有了今天的这个结果。沙庆春觉得自己真的是太傻太蠢了，还给儿子起了个自以为很了不起的名字"沙久丰"，本想着这个名字能预示着沙家丰收久久、久盛不衰，可没想到沙久丰这个名字下就是一个"发酒疯、耍酒疯"，一个接一个杀家里人的无恶不作的大坏人而已。

沙久丰在监狱服刑，转眼十七年过去了，沙莎与八十多岁的爷爷奶奶沙庆春、杜怀英相依为命，已长成了一个要上高中的大姑娘了。

四

这天，地方司法所收到了监狱挂号寄来的沙久丰假释环境评估调查函，要求当地司法所对沙久丰假释回户籍所在地社区服刑进行评估。司法所所长王明强带着社区矫正专职工作者袁亮亮前往沙久丰所在的村居进行调查评估。沙久丰的父母及女儿特期盼沙久丰能早日回社区服刑，毕竟两位老人已很年迈，无力供孙女上学，沙莎从小就没了父母，的确需要父爱的关怀与呵护。

而在征求村支部书记王大宝和治调主任候长江意见时，他们二人默默地一言不发。当司法所长王明强和社区矫正专职工作者问及村居是否同意沙久丰回社区服刑时，村支部书记王大宝和治调主任候长江只是说了句："你们自己看着办吧，你们要是同意把沙久丰放回来就放回来，你们不同意放回来就不放回来。"村支部书记王大宝和治调主任候长江这一表态让司法所长王明强很为难。王大宝和治调主任候长江的表态，其实跟没表态没什么区别。

司法所所长王明强和社区矫正专职工作者袁亮亮在向其他群众征求意见时，群众都在躲避一言不发。王明强和袁亮亮只好又向沙久丰的姐姐和姐夫征求意见，沙久丰的姐夫表态是："随便司法部门的安排！"其实是跟村里一个样。然而沙久丰的姐姐则坚决表示不同意弟弟沙久丰回社区服刑，要求沙久丰一直在监狱服刑期满。沙久丰的姐姐的态度让司法所所长王明强和社区矫正专职工作者袁亮亮很是疑惑。

这时，沙久丰的姐姐才指着让所长王明强他们看看自家三间瓦房黑黑的墙壁和扔在柴房里的那两扇被烧得面目全非的板门。这一切都是因沙久丰以前来家里借钱，没有钱借给他，就与姐姐沙萍大吵一架，抱了一堆草在姐夫、姐姐沙萍家的堂屋里点起火来烧，把姐姐沙萍家三间堂屋几乎烧成了个四大框。其他人惧怕沙久丰也不敢前来救火，这件事可把沙萍惹恼了，沙萍恨透了沙久丰这个弟弟。

司法所所长王明强和社区矫正专职工作者袁亮亮回去后商量决定，依据沙久丰姐姐沙萍的意见给监狱如实汇报回函，不同意沙久丰假释回户籍所在地社区服刑。很快，沙久丰的父母和女儿沙莎知道了司法所的决定。沙庆春、杜怀英夫妻俩拄着拐棍带着孙女沙莎老泪纵横地找到了司法所。司法所长王明强也是无奈，只好把沙久丰假释评估结果如实地向县、市司法行政机关汇报。

最终县、市司法行政机关与监狱取得联系，认为沙久丰在监狱表现还算良好，也曾多次被减刑，最后县市决定还是从人性化角度出发，同意沙久丰回社区服刑，也好照顾父母和女儿，尽一份儿子和父亲的责任。这样的决定也着实让沙庆春、杜怀英夫妇俩和孙女沙莎高兴，毕竟他们骨肉分离已经十七年，一家人团圆是他们日思夜盼的事情，小沙莎连父亲是什么样子都记不清。

沙久丰回来后，他也是如实到司法所向所长王明强报到，报到的那天仍然是由他的父亲沙庆春、母亲杜怀英、女儿沙莎陪着他去的，所长王明强为沙久丰履行了入矫报到的手续，在逐个谈话中，要求沙久丰的父母、女儿沙莎要尽到帮矫志愿帮扶工作，要经常、主动提醒沙久丰加强法治学习，按时参加社区公益服务和公益劳动。沙久丰的父母及女儿沙莎针对司法所长王明强的要求也是大包大揽，异口同声地向所长王明强保证："一定能做到，一定及时提醒他加强法治学习和思想改造，一定志愿帮矫帮扶到位！"

　　王明强所长在为沙久丰办理入矫仪式上，再次明确要求沙久丰要在社区安心服刑，不得随意外出，要遵纪守法加强政治学习、法治学习，定期到司法所开展思想工作汇报，准时参加社区和司法所组织的公益服务、公益劳动，严格执行请销假制度等。若违规一次就给予一次警告，警告三次后，便提请人民法院撤销假释，给予收监执行。

　　沙久丰对王明强所长的社区服刑要求也是一一点头，表示："一定遵守社区矫正规章制度要求。"王明强所长在给沙久丰规划矫正方案时，考虑到之前假释环境评价时大家对沙久丰评价过低，又加之沙久丰监禁服刑之前放荡不羁，犯罪手段比较恶劣，就把沙久丰定为高风险管理对象，为沙久丰配备电子定位管理系统。

　　自从沙久丰回社区服刑之后，沙久丰几乎每天都往司法所里跑，汇报思想工作和学习情况，之后便开始向王明强所长诉求自己与社会脱节太久，家庭生活非常困难，庄子上人家几乎都到城里和镇上买房子了，自家还是他临走之前的旧房子。王明强所长听了沙久丰的诉求后，也深深意识到，沙久丰家庭特殊，家中无劳动力困难是事实，也是很显然的。王明强所长及时地向镇领导汇报，又与镇民政办协调，提请镇里把沙久丰家农房纳入改造计划，请民政办给予沙久丰家庭低保救济照顾。

　　当王明强所长将沙久丰的诉求与村支部书记沟通，让村委会向镇里要计划，把沙久丰农房改造、低保救助纳入计划时，村支部书记王大宝向司法所长王明强反映，之前就已经考虑到沙久丰家庭情况特殊，父母年龄较大、孩子幼小又需要上学，已为沙久丰父母及女儿沙莎办理了低保救助、已协调村小学校长武华中和镇教委领导为沙莎减免了学杂费和部分食宿费用。农房改造要等到下一个年度才能纳入计划。

　　至于沙久丰个人低保救助问题村里暂时是不会考虑的，由于大病返贫、大病致残，哮喘老慢支、高血压、糖尿病、类风湿等常年病的人群，还有很大一部分都没纳入低保计划。沙久丰还不到五十岁，身强力壮，完全有能力养活自己，他如果肯干的话，在本村水泥预制厂上班，不仅能养活自己，还能养活全家人。若给沙久丰申请办理低保救助，其他群众也会不服，低保办理村里群众评议这一关就很难过。

　　当沙久丰再次来找王明强所长要求司法所给予其协调办理低保救助时，所长王明强很耐心细致地给沙久丰分析，要求沙久丰在家安心劳动做事，靠自己双手奋斗养活自己，养活全家人。面对司法所长王明强的劝说，沙久丰的内心里根本就一句也听不进去，口口声声说是假释回来时，监狱里领导说的，像他这种情况可以申请办理低保救助。

　　王明强所长只好再次耐心地给沙久丰讲道理和分析地域差别："咱们是属于苏北偏远的经济薄弱贫困农村，村里还有很多生活在贫困线上徘徊的人，他们都还没有纳入低保计划，你自己年龄还不算太大，一定要靠双手自食其力，要理解村居和地方党委政府有难处和工作不好做等情况。"

　　王明强所长的劝说，果然让沙久丰一段时间没再来提低保救助之事。司法所在手机电子定位巡查过程中，没有发现沙久丰有什么异样，轨迹活动在正常区域间，电话汇报也没有发现什么异样情况，每月也是如实到司法所进行思想汇报和公益劳动和公益服务等。

　　就在王明强所长觉得沙久丰在社区服刑一切正常时，很意外地

接到上海铁路交通部门打来的电话:"沙久丰在上海铁路上捡垃圾,被火车扎断了双腿,正在上海接受治疗。"王明强所长很难相信这是事实,因定位系统显示、电话汇报、到所思想汇报、参加公益劳动服务等一切显示都正常。

在王明强调查此事时,才发现沙久丰与父亲沙庆春父子俩利用了手机电子定位系统的一个小小漏洞——沙久丰每天让父亲沙庆春口袋里装着自己的定位手机,自己到上海捡垃圾,还让父亲每周学着自己的口气给司法所值班人员打一次电话,汇报自己在家安心服刑,在家专心搞好家庭生产生活,到思想汇报的时候便提前从上海赶回来。

真是江山易改本性难移。沙庆春在之前沙久丰出事之后曾后悔过对儿子沙久丰的溺爱,这一次可能是觉得儿子离开自己这么久,或"亏欠",或"心疼"的缘故吧,帮了沙久丰一个倒忙。而沙久丰自幼养成的自以为是、不听话的坏习惯、坏毛病,监禁服刑了十几年也没有改掉。最为愚蠢的是沙庆春还帮助沙久丰向司法所工作人员打电话汇报工作,躲避司法所电子定位巡查,最终导致沙久丰无腿行走,失去了自由之身。这不仅是因果有报,更是他咎由自取。

戏迷老赵头

　　潼河岸边住着一位老赵头，今年 64 岁，大伙都爱喊他"戏迷"，年龄大一点的乡亲乡邻都管他叫"老戏迷、老戏痴"。老赵头迷恋普法戏，如醉如痴，尤其是痴恋自编自演的普法小戏剧。

　　老赵头平时就爱创作普法教育小戏，尤其是他从村支部书记到乡镇担任调解员过程中，更是如鱼得水。他在矛盾调处过程中积累素材，创作普法小戏，撰写普法剧本，晚上与队友、搭档一起排练，要求队友每个动作和唱腔都要到位。

　　有一年春天，村里为响应镇里号召，开展房屋征收和人口集中工作，江韩村有一户袁姓村民因房屋征收闹起了家庭矛盾，镇里让老赵头去调解。事虽然被老赵头平息了，但老赵头当时就想，不能把这一户的风波调解好了就算结束了，被征收的其他户还很多，还很有可能会出现这样或那样的不同矛盾纠纷。

　　回来后，老赵头就立即编写了一个地方小戏——《一场风波》，故事内容是：村主任上门通知房屋征收，做袁姓两位留守老人的思想工作，老夫妇俩因意见不统一，闹起了家庭矛盾，老伴要响应村里号召，想改善原有的又旧又破的住房环境，老头子却不同意。老伴决定让老头子在老房子里自己过，她到城里和儿子、媳妇、孙子一起住，等村里新小区建好再搬回来居住。老头子想到老伴跟着自己蜗居了一辈子，改善住房环境又不是老伴一人享受，自己也可以享受，感觉自己做得有些不对，最终选择服从村干部的安排。

戏编好后，老赵头立即和搭档队友们一起排练，到各村巡回演出，深受村里群众和村组干部喜爱。很多家中儿女们已在城里买了房、还在农村居住破旧老房子的留守老人，看了这个戏后，思想也跟着转变过来了，并且响应拆迁，改善了居住环境。

2015年的正月，老赵头因脱衣排练普法戏剧小品《法惊梦中人》受凉感冒，在村居卫生室打点滴时，嘴里还哼着小曲，揣摩自己刚谱的新曲。打点滴期间，不仅创作排练了地方普法戏剧小品《法惊梦中人》，还创作了地方普法小戏《时候还早》。

年轻时，老赵头就是村里的文艺宣传队骨干，很早就迷上了编写快板书、三句半、数来宝等小节目。如今，老赵头已成为当地颇有名气的文艺普法乡土人士。

老赵头不仅痴迷普法戏，而且还在自己老家整了个"法制戏曲农家小院"，每天晚上都聚集一些当地戏迷编排、演练一些法制文艺节目，教育感化众乡邻学法、尊法和守法，家里文艺道具、锣鼓、琵琶、花挑、彩衣应有尽有，藏有各类戏剧、法制图书20多种、近300册。

2015年12月，村里又出现了一件很棘手的家庭矛盾纠纷，村干部就打电话给老赵头，让他去帮忙调解处理。老赵头通过说理说法，教育说服了这家的儿子、儿媳，让他们要自力更生，善待好老人，不要做"啃老族"。

回来后，老赵头立即根据这一社会现象编写了一个普法戏剧小品《法惊梦中人》。戏中女主人总是惦记着老人的退休金，不管老人的生病死活，以种种借口要挟丈夫去向婆婆索要退休金小本子。婆婆重病，在司法机关上班的妹妹回家见到母亲生病没有去就医，就问母亲是怎么回事，母亲哭诉着退休金本子没了，两手空空，没钱、没法看病，只有等死算了。

妹妹知道实情后，立即教育了哥嫂，这是违法行为。老人对个人财产依法享有占有、使用、收益的权利，子女和近亲属不得干涉，不得以窃取、骗取、强行索取等方式侵犯老人财产权益，再不把母亲退休金小本子拿出来，她就准备到法院和法律援助中心起诉他们了。这对小夫妻这才惊醒，明白索要和骗取父母退休金小本子也是犯法的行为。

这么多年，老赵头这个戏迷编写了表演唱、快板、相声、小品等 10 多种、100 多首普法诗歌和普法戏剧。每次演出，都是老赵头自己亲自编戏、写歌、参与角色扮演，还能够使众相邻在快乐中学法，老赵头甭提有多高兴啦！

"农民朋友请注意，致富莫忘学法律。依法治国是方略，请你一定要牢记。宪法民法行政法，刑法更要勤学习……"这是戏迷老赵头之前创作的普法戏曲小段，脍炙人口，正在老赵头的家乡潼河两岸广为传唱！

当地年轻的姑娘小伙子们都称老赵头这个"老戏迷、老戏痴"为"达人"。果不其然，2015 年江苏省评选普法达人，老赵头被评为"江苏省十大普法达人"。

2017 年 10 月 11 日刊发于《宿迁日报》

2017 年获泗洪县法治故事征文一等奖

调解员"疙瘩李"

淮河边上的老李头今年51岁，年轻时就是村里民调主任，前两年被乡里聘为人民调解员，几天前，他又被国家表彰为"枫桥经验"实现矛盾纠纷不上交工作先进个人。这下子老李头更加神气了，整天胸前佩戴着人民调解徽章，胳肢窝里夹着个人民调解公文包，公文包里装着个笔记本——人民调解工作日志，在庄子上转悠，专解庄子上吵架磨牙、羊吃麦苗牛吃稻、张家猪拱李家菜的鸡毛蒜皮"疙瘩"事，大伙送他绰号"疙瘩李"。

这一天，"疙瘩李"刚处理完临边的五河县几位农民工讨要工资的事情，到乡卫生院去挂水——两天前大张村朱新民家树被风刮倒，砸倒了朱顺清家玉米，两家发生纠纷，"疙瘩李"去处理纠纷时，帮助朱新民清理树木，很晚才回家，吃了点凉剩饭，引起了肚子疼，感染上痢疾。

"疙瘩李"的水刚挂不一会儿，同庄子的张德明老汉带着孙子去医院量体温，碰巧告诉了"疙瘩李"，东庄的郭大强，凡事都爱"抬杠"，一副犟脾气，人送绰号"老犟头"，而这"老犟头"，到乡里去上访了！还向庄亲庄邻扬言，他这事情要是处理不好，就

184

直接去市里、县里去信访。

　　"疙瘩李"将吊针一拔，就往乡信访办跑，两个护士都没拦住他。"疙瘩李"在信访办门口一把拽住"老犟头"，反问"老犟头"："你有多大事我'疙瘩李'摆不平，你还跑到信访办里来？你这不是在砸我这个老调解的招牌吗？"

　　"老犟头"怒气冲冲道："我这事，我估摸着你'疙瘩李'解决不了，因此，我才来乡里信访的。""疙瘩李"把"老犟头"拽到调解室，给"老犟头"倒上一杯水，问"老犟头"到底发生了什么事。"疙瘩李"向"老犟头"保证："只要你说出来，我'疙瘩李'一定给你解决，我解决不了，背后还有乡党委政府给你撑腰解决。"

　　原来是前不久，上游丁家村将与下游"老犟头"家交接的小丘陵给挖开，导致暴雨水下泄，造成了"老犟头"家5亩毛豆和西瓜绝收。"老犟头"找到上游丁家村支书索赔，丁家村支书对"老犟头"说："我们是在自己的土地上挖沟排水，你的庄稼被淹，是因为你们村不给你挖沟引流，这事，你应该去找你们村里解决才是呀。""老犟头"听着上游邻村丁家村支书说的话，觉得似乎有道理。"老犟头"又去找自己的村支书，村支书却说："你这事怎么能来找村里呢？明明是上游丁家村挖沟放水造成了你的毛豆和西瓜绝收。""老犟头"的索赔两头不着影，心里又急又生气，因此，要到市里县乡去上访。

　　"疙瘩李"知道"老犟头"的事情后，立即找到了两个相邻村支书。"疙瘩李"说明来意后，两个村支书还在狡辩。"疙瘩李"一一批评了两个村支书："你们上游村挖沟放水，要主动告知下游村，你们下游村针对上游挖沟放水要积极应对引流，保护好群众财产，把损失降到最低。这事就由你们两个村负责。""疙瘩李"批评教育后，两个村支书都低下了头，嘴中嘟囔："'老犟头'家要求赔偿2万元，我们都接受不了，并且'老犟头'家5亩地庄稼也收入不了2万元。"

"疙瘩李"又与"老犟头"核算5亩地毛豆和西瓜一季收成，最多也就是能收入5000～6000元。他反问"老犟头"为何要求赔偿2万元，这时"老犟头"才道出实情："就是因为我找他们两个村支书，都说跟他们没有关系，我是心中憋着一口气！""疙瘩李"立即意识到矛盾根源所在，当即决定让两个村支书向"老犟头"道歉。

起初，两位村支书还有点不情愿，"疙瘩李"严肃地批评了他们两位："错就在你们俩，你们不仅要向'老犟头'道歉，还要赔偿。"两位村支书听"疙瘩李"分析得很有道理，立即拉起"老犟头"的手，向"老犟头"道歉："老郭，我们错了！你家庄稼损失多少，我们赔偿多少。""老犟头"顿时烟消气散，还很客气地说："这才像个村书记说的话嘛！我那5亩地实际也收入不了2万元，也就在6000元左右。"

"疙瘩李"当即根据责任大小，让作为较大过错方的上游丁家村赔偿5000元，让不积极、慢作为的下游小李村赔偿1000元。"老犟头"情真意切地拉着"疙瘩李"的手，邀请"疙瘩李"到家中做客，却被"疙瘩李"婉言谢绝。这时两位村干部才知道"疙瘩李"是带病来给他们调解矛盾纠纷的，于是两位村支书赶忙将"疙瘩李"送往乡卫生院继续挂水。

2019年3月7日刊发于《宿迁晚报》

不再等

　　楚丽萍等着自己的男人回家，可这一等就是十八年。十八年里，她无数次期盼和等待着丈夫的归来，却又无数次失望，在女儿的劝说下，她决定不再等。

　　十八年前的一个夏天，就有人私下里告诉楚丽萍，她老公项玉斌与本镇小媳妇倩倩以打工为名私奔了。可她想着自己和丈夫婚姻美满，又有一双可爱的儿女，她怎么也不相信丈夫会和别的女人私奔，但这却成了她十八年等待的事实。

　　十八年间，楚丽萍从未断过打听自己的丈夫的下落，最终还是杳无音信。就连她儿子项春和结婚都无法通知到孩子的爸爸。最终，还是项玉斌之前的一位好友宇峰拨通了项玉斌的电话，项玉斌在电话中得知儿子结婚，应允："明天我回家。"

　　一句"明天我回家"，让楚丽萍很是激动，丈夫终于回心转意，一家人可以团圆了。可是儿子结婚那天，楚丽萍却并没有等来丈夫的回家。在期盼和等待中，眼看儿媳又要分娩临盆，一大堆的事都由楚丽萍一个人撑着、扛着。夜深人静的时候，楚丽萍心中不由一阵阵酸楚，眼泪滑落在枕巾上。

　　已是两个孩子母亲的女儿梅梅不止一次看到母亲一个人独自流泪，她最理解母亲的苦。女儿曾多次劝母亲不要再等，可她却依然执着等待。

　　楚丽萍在最艰苦的时候都痴心不改，一直坚守着等待。一次，女儿上学时，晕倒在公共厕所里，幸亏好心人发现，拨打了120，救护车将其送到医院抢救，才脱离了危险。医生告诉楚丽萍，这是孩子身体长得太快，营养跟不上造成的。楚丽萍心里知道，她们孤儿寡母过日子，没有经济来源，生活条件跟不上，这才导致女儿因营养不良而晕倒，她心里很不是滋味。

　　女儿12岁那年，公公生病住进了医院，是楚丽萍天天在医院里伺候着，花掉了3万多元医疗费。所有费用都是楚丽萍东挪西凑借来的，后来慢慢才还清。她本指望公公病好后能替自己分担一些家务，可惜仅仅两年，公公又患上了肝癌，撒手人寰。

　　家中无劳动力，每次收种，都是庄上的亲戚或朋友过来帮忙，家庭的琐碎让她操碎了心，尤其是儿子项春和的婚事真是让她操碎了心。起初亲戚给春和介绍对象，将楚丽萍家的情况也跟女方说过，条件不是太好，女方也没有说什么。女孩也很体贴他们母子，给女孩买衣服时，稍微贵一点的衣服女孩都不愿意买，只挑一些她喜欢的款式和价格便宜的衣服。

　　但到了结婚时，儿媳向楚丽萍要婚房和结婚家具，当时楚丽萍犯了难。可她自己转念又想，现在年轻人结婚不能和自己那个年代结婚相比，就是砸锅卖铁也要给儿子置办婚房和结婚家具。

　　经过向亲朋好友东挪西借，楚丽萍好不容易凑足了近26万元，在镇上给儿子买了个婚房并购置了结婚家具。就在儿子结婚的前夕，私奔多年的项玉斌却突然联系上了儿子和儿媳妇，答应他们结婚时给 3 万元现金，以后再给买一辆轿车。可这一承诺，直到儿媳快要分娩时也没有兑现。

自从楚丽萍儿媳妇生完孩子后，就回了娘家居住，项春和多次去接，都不愿回家，要求楚丽萍给他们购买空调和其他电器。可是楚丽萍的确拿不出钱来，之前能借的都借了，况且还欠亲朋好友很多钱。

原因是楚丽萍儿媳妇认为公公项玉斌答应结婚时给的 3 万元现金和买车的钱交给了婆婆楚丽萍，但婆婆不愿意拿出来。

项玉斌的不实承诺，着实伤透了楚丽萍的心，在儿女们的支持下，她决定不再等，状告这个不道德、无良心的负心人。楚丽萍向人民法院递交了起诉状，要求项玉斌赔偿 18 年来她独自抚养一双儿女长成人，以及赡养公公婆婆的所有费用。

18 年后的春天里，楚丽萍在儿女们的祝福下，开启了新的婚姻生活。

2020 年 7 月 22 日刊发于《宿迁日报》

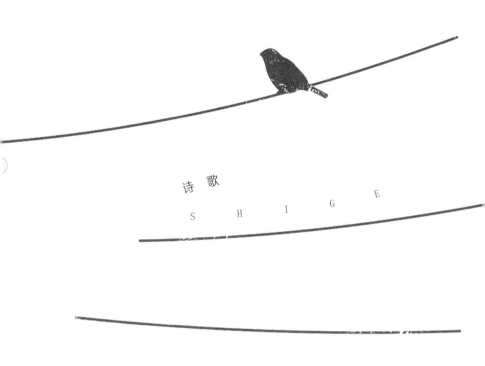

诗 歌

S　H　I　G　E

念毛公（新韵）

八角油灯亮，光明照四方，
投身来革命，立志为安邦。

获庆祝中国共产党成立100周年"红船百年"全国诗词创作大
赛一等奖

痴　恋

爆竹一声鸣，诗心梦旧情。
通宵怀往事，痴醉到天明。

醉美人

昨夜暖风来，繁花静静开。
桃红惊艳后，一醉入君怀。

医者仁心（通韵）

扶伤叫白衣，救死是天职。
立下除魔状，毒灭自有时。

人勤春早

昨日春雷响，物生风雨中。
人勤春讯早，乐坏咱三农。

思　念

重九草先黄，三秋未返乡。
年年飞雁过，梦里见亲娘。

念双亲

清明化纸钱，转眼到新年。
思念难相见，唯求梦里圆。

2019年刊发于《诗词月刊》第8期

过西沙河有感

沙河两岸稻米香，碧水悠悠菊正黄。
万树千花惊艳美，扎根泥土恋家乡。

赞诗坛百岁老翁徐一慈

豪情痛饮酒千盅，我赞诗坛百岁翁。
老骥精神多壮志，笔耕古韵晚霞红。

赞百岁诗翁徐一慈《百岁诗情》付梓

百岁诗情付梓篇，虹州染尽晚霞天。
汴河高唱山城曲，雅韵愚翁属大贤。

思念故里逝去亲人

秋风秋雨倍生凉，独自回乡看老房。
落叶萧萧铺满地，家中何处见高堂。

二〇二一年农历九月初五雨中回老家看老房子时写于归仁

思念家乡

秋来大雁满头霜，一字人形过我庄。
仰望碧空晴万里，儿时身影又还乡。

忆请客割麦子

油菜收完小麦黄，农家场上倍添忙。

开镰不见当年客，机械来回吐细粮。

2021年刊发于《诗词月刊》第10期

泗洪县诗词学会常务副会长朱玉明老师点评：

绝句之难在转句，转得要令，结则如顺水推舟。此诗起承描写午收景况，转句"开镰不见当年客"紧扣题"请人帮收麦"，为什么不见当年帮我收夏之人？结句给出了答案：时间跨度，农村已实现机械化了，机械来回吐细粮，真实又形象，生活气息浓郁，结可谓出彩，转画龙点睛之笔。

《诗词月刊》泗洪工作站站长、泗洪县老年大学诗词班班长周桂莲2021年7月29日点评：

孙修军老师的此首绝句，立意高雅，用韵规范，平仄合律，遣词朴实，笔法委婉！尾句"机械来回吐细粮"，真可谓言已尽而意无穷，描绘了社会主义新农村的丰收图，唱响了人民心心向着中国共产党的赞歌！

暴风雨

乌云密布满天黑，脚步轻飘似谁推。
一阵狂风刚刮过，冰凉雨点把人催。

回乡遇归仁名医王广善病故

秋风小雨倍生凉，送葬为君哭断肠。
敢问仁心何处去，天庭赴任做医郎。

二〇二一年农历九月初五写于归仁

打着济世的幌子敛财下场

敛财为己又居功，名利终究要落空。
快刃降魔饶过谁，到头放血入囚笼。

七夕感怀二首

一

繁星满目盼天明，雨过升虹为那晴。
喜鹊都知郎女意，银河难断两痴情。

二

离家再苦为经营，只盼晴空雨后行。
只待腰包钱满后，回乡探望友亲情。

"七一"歌咏比赛获奖感怀

红歌一曲颂辉煌，手捧金杯当思量。
法治为民先服务，公平方显热心肠。

汴河两岸夜色美

初上华灯满目霓，晚风轻拂汴河堤。
水中晃动星光美，璀璨徐城夜色迷。

七夕感怀（新韵）三首

一（中华通韵）

传情自古是七夕，远在他乡独自一。
织女都能天水渡，民工怎又不思妻。

二

奔波千里爱门开，瑰语玫花为哪来。
一对情人牵手去，幸福长久乐开怀。

三

花开遍野喜眉梢，万里无云爽气高。
情侣岸边轻弄影，水中放眼待良宵。

赞驰援武汉泗洪人民医院护师陈秋成

江城大事难当头，热血男儿愿解愁。
冠病面前何所惧，须眉护理竞风流。

2020年刊发于《泗洪诗苑》创刊号

赞驰援武汉分金亭医院臧雨晴

雨晴本就一枝花，武汉驰援大众夸。
碧血丹心天使梦，青春不负好年华。

2020年刊发于《泗洪诗苑》创刊号

诗　歌

摘草莓

远看园中点点红，口涎勾引玉娇容。

轻车远驾尝新果，为找孩时野趣浓。

2018年刊发于《诗词月刊》第10期

瓦庙蜕变有感

瓦庙亭前寸草芳，一湖碧水柳芽黄。

人间何处寻仙境，此地堪称安乐乡。

2021年1月刊发于《宿城区诗苑》第1期

大湖恋

好水碧湖润泗洪，鱼虾蟹藕味不同。

轻舟荡漾烟波里，醉恋荷园情更浓。

2018年5月4日刊发于《宿迁晚报·夕阳红》诗词雅韵

家乡美

桃花有意竞相开，惹得春风细叶裁。

一幅丹青描美卷，徐城佳境画中来。

2021年刊发于《诗词月刊》第5期

辞旧迎新

家家爆竹庆团圆，户户张灯喜事连。

美酒一杯迎丑至，桃符送走鼠灾年。

江苏省检察官学院学习有感

茅山宝地聚英才，为取真经踏梦来。

有幸听君传妙语，江苏政法筑高台。

2021年7月12日写于茅山江苏省检察官学院

端午节思屈原

门前挂艾雨低吟，裹粽悲怀屈子心。

一曲楚歌传万古，忠魂高唱到如今。

写于2021年端午节

沉痛悼念袁隆平院士

闻听噩耗泪涟涟，怎忘终身伴稻田。

一口稀汤难下咽，九州悲叹恨苍天。

祭双亲

清明小雨倍添愁，骨肉分离四十秋。

化尽哀思钱万串，凄凉往事涌心头。

纪念刘胡兰

傲骨寒梅气节雄，疏枝血染向阳红。
铁镣难锁初衷志，一片丹心日月同。

纪念周恩来

周公碧血绽鲜花，一片丹心为国家。
匹马单枪何所惧，和谈铁嘴战群鸦。

瞻仰朱家岗抗战烈士墓

朱家岗上洒鲜血，华夏同心起抗联。
倭寇痴人说梦话，神龙怎让鸟遮天。

2021年刊发于宿迁市诗词协会、泗阳县诗词协会联合编著《百年华诞》

镌刻在青石上的年轻（声韵）

年轻镌刻向青石，瞻仰英雄泪眼湿。

小小年龄能抗倭，铁蹄不倒待何时。

2021年刊发于宿迁市诗词协会、泗阳县诗词协会联合编著《百年华诞》

落　雪

雪映寒梅点点红，冰封满树玉玲珑。

北风摇曳沙沙响，阵阵芬馨扑鼻中。

冰　花

严寒绽放满窗花，温暖来临不见她。
难道害羞藏梦里，冬君有语怨朝霞。

赞冰窟救人李公安

舍生忘死李公安，不惧冰天雪地寒。
危险之时身一跃，祖孙死里得生还。

瑞雪兆丰年

飘飘洒洒降人间，预示丰收又一年。
待到春风播绿后，农家笑看产粮田。

痛思交友不慎（新声韵）

交人不慎损家颜，夜静思来难入眠。

处事心直全赖过，半生风雨枉天年。

送葬友人段贤勇

秋风叶落倍凄凉，小雨丝丝路漫长。

今日送君仙境去，阴阳一隔断人肠。

2021年刊发于《诗词月刊》第1期

纪念毛泽东诞辰一百二十七周年

毛公思想贯长虹，武略文韬孰与同？

推倒三山民解放，中华从此永昌隆。

获庆祝中国共产党成立100周年"红船百年"全国诗词创作大
赛一等奖

梦之舞

春回大地柳眸开，紫燕衔泥为筑来。

勠力同心中国梦，九州跃上更高台。

话财神

财神真会送金银？我信经营趁早春。
勤俭持家能干手，何求富贵不如人。

秋

最好人间八月天，阳光普照著华年。
秋风一阵轻吹过，喜看金黄稻满田。

妍丽之美

舞步高歌小丽妍，欢天喜地庆新年。
浓妆艳抹人称美，快乐轻盈似雪莲。

赞吴松李攸倩医路比翼双飞

夫妻携手跃龙门，医者仁心大爱魂。
救死扶伤传美德，华佗再世史留痕。

赞《宿城诗苑》创刊二首

一

钟吾高唱古风篇，妙语连珠雅韵传。
又一文坛承志远，诗田兴起舞蹁跹。

二

宿城诗苑聚英才，佳作诗篇入梦来。
锦绣文坛多靓丽，百花争艳筑高台。

无视法规世事难料

恩怨情仇万不同，法规无视逞英雄。

一巴掌掉乌纱帽，深思难辞铁狱笼。

飘　落

春风吹过柳梢头，一树鹅黄不觉愁。

花絮明知人意在，飞来飞去绕高楼。

2020年刊发于《诗词月刊》第10期

除魔三首

一

江城瘟疫害生灵，医士除瘟敢逆行。
妙手筑牢墙万丈，中华从此永康宁。

2020年刊发于宿迁市诗词协会编著《抗疫楚风行》

二

江城罕见病魔狂，洒药消防个个忙。
万众一心齐奋进，九州国泰寿绵长。

2020年刊发于宿迁市诗词协会编著《抗疫楚风行》

三

这场瘟情来势猛，江城被害万千家。
钟馗高举降魔剑，扫疫丝毫不放它。

诗词进校园

梧桐花绽绿荫浓，碧水莲池映日红。

教室传来声韵雅，诗田播种待儿童。

致敬教师

书声琅琅出窗轩，笑脸张张花满园。

三尺讲台情万缕，辛勤浇灌爱无言。

寄语泗洪县公共资源交易诗二首

一

资源交易讲公平，利弊丝毫不敢轻。

未忘初心谋大业，聚沙成塔为民生。

二

交易公平心作秤，用心称出是真情。
为民倘若人浮事，不如回家把地耕。

割麦子

当年割麦趁星辰，昼夜弓腰倍感辛。
机械隆隆田作响，难寻昔日舞镰人。

悼念大哥二首

一

大哥何故去匆匆，我怨苍天太不公。
穷苦生活刚迈过，又将厄运降寒翁。

二

大哥何事去匆忙，许是花仙缺伴郎。
稚子育成人两代，了无牵挂赴天堂。

竹枝词·反腐三首

写在国家建立监察委之际，一声春雷响有感

一

五更时刻雷声炸，贪虫硕鼠心害怕。
恼怒天公举起锤，苍蝇老虎全拿下。

二

春雷昨日一声吼，执意天公重抖擞。
建立机关重打贪，贪官好似丧家狗。

三

早春炸响一声雷，原是钟馗带剑回。
贪虫害怕心余悸，老农高喊使劲剁。

造孽惹人嫌

忽闻病例又增添，贫士浑身倍感寒。
蝙蝠都能当美味，有钱造孽讨人嫌。

2020 年 1 月 30 日晚，闻听全国新型冠状病毒肺炎感染人数持续上升，心中愤慨。

沉痛悼念武苏先生

一

何事先生走得忙？天庭许是聘文郎。

武公一去无音信，怎叫妻儿不断肠。

二

年前才子赠书香，我与先生话短长。
今日武公携笔去，阴阳相隔两茫茫。

2020年1月30日写于归仁

真人（泗洪县传统文化研究会会长王凤国）：有情有义者修军也！相信武苏老师在地下也会含笑九泉！

喜

忽听数字喜眉梢，我省贫穷困已消。
众志成城推力大，绝非耍嘴把锣敲。

江苏省十三届人大常委会第十三次会议于1月7日召开，听取省政府关于脱贫攻坚工作进展情况报告，全省99.99%脱贫，只剩6户17人未脱贫之际有感而作。

过年三题

亲人喜相见

妹妹回乡过大年，亲人相见喜相连。
全家同饮幸福酒，入夜酣眠梦更甜。

2019年刊发于《诗词月刊》第3期

祝福过年合家欢

快乐合家过大年，端杯举酒庆团圆。
财神永驻福门第，个个儿孙是孝贤。

2019年刊发于《诗词月刊》第3期

拜年"不差钱"

大年初一去拜年，囊里不能没有钱。
红包若是钞票少，孙子相见也会嫌。

重阳节贺金婚

金婚举办在重阳，鹤发容颜喜气洋。

吐露心声来贺岁，百年过后不觉长。

冠之荣

平安法治贯长虹，昔比今非大不同。

众志成城绳一股，摘冠折桂万家荣。

泗洪县创建全省法治示范县成功公示之际有感

醉梦钱财

酒后眉飞喜事来，天天麻将把牌开。
赌徒又做发财梦，懒惰焉登大舞台。

2019 年回乡过春节见乡村小卖店一群好酒好赌之徒有感而发

法润千千结

归仁小品宣传法，解惑释疑滋万家。
妙语连珠谈趣事，村民鼓掌不停夸。

湿地采风二首

一

莲花朵朵竞相开，走秀旗袍入画来。
绿水清波鱼跳跃，大湖宝地聚诗才。

二

芙蓉万顷向人开，三县两区圆梦来。
醉恋荷园人更美，诗家个个献情怀。

2020年刊发于《泗洪诗苑》创刊号

纪念九一八有感二首

一

枪炮隆隆犯九州，国人无不面含羞。

雄狮沉睡终将醒，扬我国威削大仇。

二

如今警报声声响，勿忘当年失了家。
提醒国人多奋进，复兴重振大中华。

2020年刊发于《诗词月刊》第1期

祝贺省诗协换届圆满成功（新韵）

石头城内暖风来，换届诗协聚俊才。
有道豪言抒雅志，阳春白雪上高台。

思三哥

清明化纸祭哀愁，遥想三哥使牯牛。
十七年华好身手，英年早逝泪长流。

2019年刊发于《诗词月刊》第8期

颂《金千灯》杂志（新韵）

杂志千灯文兴国，主编慧眼唱新歌。

文坛兄弟齐挥笔，播下真情获奖多。

畅言兴文

分金文友座谈会，妙语连珠属庆萍。

意切情真开场后，全凭老曲注真情。

又见迎娶嬉闹陋习

长鞭炸响一团烟，迎娶婚车到眼前。

粪篓醋瓶肩膀挎，气球扎辫两边拴。

嘴巴画丑歪无样，纸帽糊尖戳向天。

有谁这般来戏闹，文明却把陋风传。

长相思·忧子

冬也愁，夏也愁。愁到青丝变白头，光阴悄悄流。
慢悠悠，晃悠悠，晃到何时才罢休，怎能人不愁？

父亲的希望

夕阳余晖

照着牛羊

也照着那片熟悉的村庄

转眼村廓模糊

点点星光

那便是农家的灯火

为晚归点亮了回家的方向

你扛着锄头点燃旱烟

烟味裹着泥土和着青草的芳香

这味道和那熟悉的身影

让我终生难忘

煤油灯下

小木床上

吧嗒吧嗒的声响

你抽上几袋旱烟

闷上一口老酒

蹲靠着那面最熟悉的土墙

这就是你解乏最好的食粮

你披星戴月辛苦劳作

一天的匆忙

就是为了有个好收成

今年粮食满仓

2021年9月22日刊发于《江南时报》副刊《江南文脉》

带上泗洪去飞翔

岁月

你是见证者，也是创造者

泗洪

1949年

你呱呱坠地

在党的怀抱里你是襁褓中婴儿

多少年辛勤抚育和几代人不懈的努力

你健康茁壮成长

鸟瞰泗洪

你英姿飒爽

像雄鹰展翅在高空翱翔

今天

你已长成一个铁骨铮铮的男子汉

甩开双臂

你抡起锄头和镰刀

向工业强县大踏步迈进

今天

你已亭亭玉立长成一个花枝招展的大姑娘

像古徐的喷泉

在五彩灯光照耀下

你伴随着轻盈的舞曲

翩翩起舞

岁月啊！岁月

你是开拓者，也是缔造者

垫湖

1978年

你敢为天下先

创举了土地联产承包责任制

你从此揭开了改革发展新篇章

今天

鸟瞰泗洪

你南进北扩东进西移

水在城中，城在水中

到处绿意盎然

焕发出一片生机勃勃

观光园甜醉了心

甜醉人们的笑脸

湿地千荷园百媚多姿

将游人植入人间仙境

形成一幅天然完美画卷

古徐桥

像时光隧道

穿越时空

将游人送进古徐城

也将人们思绪带进那远古的春秋战国

让人久久才能回过神来

却发现自己生在当代小城泗洪

新农村建设

泗洪

你让农民脱掉头顶的草帽

挎上香包

搬进了新居

世人无法分辨谁是农村

谁是城里

泗洪啊！泗洪

你展翅高飞

带上百万人民

飞向美好的时代

飞向人间幸福的天堂

2020年12月11日刊发于《宿迁晚报》

那一抹藏青蓝

晨曦露白

雨衣帽檐滴水

一声哨响

一个暂停手势

示意司机停车

让孩子先行

孩子们的坏笑

顽皮地学着你样子

跟随你穿越未来梦想之路

人们就知道你们关系不一般

啊！

那一抹藏青蓝呀

虽说不是衣香鬓影霓裳羽衣

却有一个美丽的名字

护学岗

护佑着家庭希望祖国的未来

每天晨曦与傍晚

你都会在学校门口

穿越马路

来回移动

无论是春夏秋冬

冰霜严寒

风雨交加

还是那酷暑炎热的难耐

你都在那条道上不离不弃

护佑远方

护佑着未来扬帆起航

2021年8月16日刊发于《江南时报》副刊《江南文脉》

赞冰窟救人李公安

一声呼救

声音震耳

让人头皮发麻

你什么也没多想

就直奔了河湾

你哪还顾得上自己

身装支架负有顽疾

生死关口

一个响亮名字

挺身而出

舍生忘死李公安

不惧冰天雪地寒

刺骨冰窟阻挡不了你挺身一跃

赤手空拳砸开了冰封死神

祖孙三人获救

死里生还

遇到你是三生温暖

你的大爱与无私壮举

再一次将中华美德

发扬光大

薪火相传

2021年2月5日刊发于《宿迁晚报》

走向更辉煌

南湖一条红船

承载着中华国运昌盛

你从站起来

富起来

到强起来

一步一步走向辉煌

南昌一声枪声

唤醒了沉睡

秋收起义为压迫

举起了锤头镰刀

向黑暗砍去

砸碎黑暗寻找那光明的未来

八角楼上的油灯

为黑暗中人们点亮了心灯

你带着一颗赤子诚心

诗　歌

走出乡关

救苦救难

为中华崛起

寻找那条康庄大道

今天

九千万人奋力高举锤头镰刀

摆脱了贫困

走向乡村振兴

实现了工业强国、制造大国

四个科学现代化不再是梦想

已是现实

城镇高楼林立

车辆如梭

农村不再是农村

已加添定语

那是焕然一新的新农村

人们苦干实干

腰包鼓鼓

不再囊中羞涩

今天你已成为经济大国

正迈向世界舞台中央

啊！

中国

正启航远行

走向未来

走向明天更辉煌

抗疫天使你们是好样的

白衣天使

有你我们不拍

有你在我心不慌

疫情来临

你第一个冲在最前面

你既没有豪言壮语

也没有那唉声叹气

你只是一个劲地安慰

请大家不要慌不要乱

一个一个地来

消毒、检测、接种

你一丝不苟

你完全忘记了自己

忘记了身后家人

如果不是防护服上的名字

大家根本就不知道你是谁

只知道

你们是白衣天使
是共产党员
是英雄
是榜样
是力量

温暖如春

父债子还
子债父还
死无全尸
有人说他是天经地义
有人说是大爱与生命的延续
更有人说这样太残忍
也有人劝说
不必这样回报
不必拘泥于世俗伦理
子债父还
爱子器官捐献决定
拯救七个家庭
让七人重获新生
你不仅是个好父亲

更是一位伟大的父亲

真诚地道一声

好父亲

您爱心永驻

人间更加温暖如春

有容乃大

清明

细雨霏霏

晨雾蒙蒙

苍松翠柏林立

巍峨耸立的纪念塔

浩气长存

朱家岗保卫战

七十三丹心书写中国龙的精神

一曲惊天地泣鬼神的英勇壮歌

让中华民族再度崛起

壮哉

少年志则国志，少年强则国强

十四位英勇少年

卫家卫国赴汤蹈火

公祭日不仅纪念死难同胞

也证实铁蹄留下滔天罪行

朱家岗阵亡日本将兵之墓

就是最好的证明

这既是我中华民族宽容与大度

也是中国对外的一贯精神

只因都是年轻的生命

爹娘生养的孩子

抛妻离子，尸留异国

谁会自愿？

我相信不是

应是那法西斯军国首领

大资本家野心的一己私利

朱家岗烈士陵园

让侵略者与卫国英烈同一墓地

入土为安

世间实属少见

这就是龙的传人

中国龙的精神

包容天下

有容乃大

2021年4月17日刊发于《宿迁晚报》

法解千千结

一句话能说跳

一句话能说笑

当情理法

爱与恨结成了冤家

法便有着伟大无穷的力量

让人信奉、崇尚、遵守

这种力量可逾越那崇山峻岭

也可迈越万丈深渊道道坎

以案说法，抽丝剥茧

拨开云雾见天日

守得云开见月明

法解千千结

是非曲直公道

不仅是法治力量的伟大

也有那真情融入

润物无声一半的勋章

一切困惑烦恼、大小疙瘩

终究沿着法治这条阳光轨道

迎刃而解

人民调解您执着追求

总能把不和谐化解

真诚道一声

这碗水

您端得平！

2021年3月20日刊发于《宿迁晚报》

伸手必被捉

　　2021 年 4 月，全国（全省、全市、全县）政法队伍教育整顿，现场聆听人民法院刑事审判一名公职人员利用职务之便受贿案有感。

有的人牢记当初誓言

却累倒了

人民永远记住他

有的人忘记了当初的誓言

结果却倒了

大家也能记住他

倒了、累倒和人民永远记住他

在荣与辱面前

却有着本质上的天差地别

焦裕禄、孔繁森的累倒

人民永远记住他

他是人民心中的好榜样

是一名好党员、好干部

有的人因权钱交易贪污受贿倒了

人民不仅记住他是一个腐败犯罪分子

唾弃他

有的甚至还拍手叫好

他终于倒了！

他不仅为党和组织抹黑

还给父母妻儿亲戚朋友脸上蒙羞

有的人直到戴上闪亮的手铐

被依法审判

送进了高墙大院

关进监牢

才泣不成声泪流满面

想起了曾经的誓言

悔恨当初贪婪

忏悔自己手伸得太长

礼赞送回一篮咸鸭蛋

一篮咸鸭蛋的送回

你满眼含着泪花

哽咽得无从说起

从拉住他们的手

我就知晓你的心

聊起家常

你又想起那曾经的委屈

情绪再一次难以控制

愤愤不平的心酸

是一群不忘初心的人

为你分担，为你撑腰

他们高举法律援助正义之剑

铲平一个又一个邪恶

看你脸庞绽放出笑容

他们就感觉到一个字

那就是"值"

你那淳朴的举动

就是这腌制的一篮咸鸭蛋

通红冒油的蛋心

就是你要对这群人最好的表白

他们懂你

道一声离别

你却把大门紧紧关闭

一句凉水变热水，谁都不许走

他们知道你的不舍

也更知道自己的责任

因为后面

还有更需要的人

在等待

2020年11月27日刊发于《宿迁晚报》

（事情梗概：70多岁的金殿尚老人夫妻俩给工地老板看工地，老板欠夫妻俩工资2万余元，夫妻俩讨要，老板不但不给，还打了夫妻俩一顿，反说夫妻俩讹诈他们。泗洪县法律援助中心知晓后很气愤，为夫妻俩法律援助，经过多方取证，成功为老金夫妻俩讨回了血汗钱。夫妻俩为了感谢法律援助中心和援助律师，老金将鸭蛋送至法援中心，恰巧法援中心人员外出工作，就将鸭蛋搁置在法援中心，法援中心知晓后，又将鸭蛋送回。）

兄弟的心愿

兄弟同心其利断金

当利益和抗疫需要时

兄弟不谋而合

意图一致

让疫区尽快渡过难关

他们风雨无阻

星夜兼程

将自己新鲜的蔬菜装载满满

一车又一车无偿地运送给疫区

可他们什么也没多想

心中就一个简单的念头

让疫区人民能生活得更好

吃上新鲜蔬菜

齐心协力战胜疫魔

环卫工

一年四季

不管春夏秋冬

还是在风雨中

小城因你而清洁靓丽

犹如雨后那清新可人的芙蓉

漫步小城

小城显得是那么的青春

又那么的从容

这一切

人们只记住一个熟悉的名字——

环卫工

春之韵

春的音符

奏出了百花齐放

诗　歌

招引蜂拥蝶至，小鱼戏水

弹出了绿的美妙琴音

嘀答、嘀答

春的时钟鼓点

催促着迎春花靓丽登场

柔软的嫩柳

随风摇摆

舞动着春的旋律

虫鸣嗡嗡，燕语呢喃

呼唤着甘霖雨露

一场春雨应邀而来

为春增添了灵性

抒写着春的百媚千姿

春的色彩更加绚烂，更加斑斓

杏花登罢桃花上场

樱花、海棠争奇斗艳

尽展风姿

伴随着春的舞曲

更加妩媚

麦苗、油菜高声叫好

风信子悄悄地给春的生日

送来了一年中最美好的祝福花语

青春常在

花海徜徉

一切都满脸笑迎夏的秀美到来

赤心守望

秋的收获

2021年3月30日刊发于《宿迁晚报》

残　荷

冬日夕阳余晖

斜射着如镜的湖面

残荷映衬远山和那悠闲的野鸭

构成了一幅完美的水墨画卷

一棵屹立在水中的残荷

犹如历经风霜百年的一位老者

满脸古铜

他凝望东方

期待着新的朝阳

盼望着春天快快到来

那些顶不住风霜雪雨摧残的

则默默地倒在水中

把一切的养分贡献给水

奉献给他脚下那片沉静的淤泥

盼望新芽

期待青莲

愿他出淤泥而不染

健康茁壮一路成长

为下一个

春华夏秀秋实冬岁

奉献力量

感恩冰花之源

雾珠点点

织就那美丽冰花

绚烂多彩

绽放出冰的世界

扮靓那美丽小屋

天生就冰雪聪明

迎着朝霞熠熠生辉

显得格外美

五彩斑斓婀娜多姿

不知是冬的伟大还是水的杰作

温暖吹过

汇聚成丝丝细流

滴落在窗下泥土里

一秋一冬的沉淀

土壤不再板结

种子的熟睡孕育而生

倚着窗前茁壮成长

长成了参天大树

这一切

都要感恩生命之源

2020年12月26日刊发于《宿迁晚报》

清明祭随想

小雨淅淅

泣声凄凄

有钱买纸

无钱买米

死后化尽钱万串

不及榻前端碗饭

趁亲在

孝趁早

没等亲人老

一朝父母去

再孝难上难

雪

盼望与期待

如约而至

潇潇洒洒飘落而来

把满满的爱撒向人间

奔向山川河流

飞向大地田野

广阔万物披上银装

换上了圣洁礼服

一切都玉巧玲珑

残荷映雪

倒立水中

一幅天然水墨

毫不逊色塞北千里冰封

雪映小城

格外美丽耀眼

身姿更加妖娆妩媚

汴水悠悠泗水流

足可媲美江南小桥流水青砖黛瓦

田间忙碌

足迹留下厚厚两行

挥舞着勤劳大手

撒下今冬

收获来年更多幸福与希望

2021年1月22日刊发于《宿迁晚报》

亲娘，是您给了我力量

清明细雨

脚下泥泞

归乡的路是那么漫长

一切的思绪

都涌进了我往日的忧伤

今夜又梦见亲娘

你还是那样的和善慈祥

煤油灯下

线脚爬满了你的额头

用毛巾为我缝合的书包

却装满了您一生的希望

您的一生操劳

就是一家人的缝缝补补

三顿饭的匆忙

暴雨中

你常常扛着锄头浑身滴水才向家中走来

多天干旱

连续阴雨

总是写满了你的惆怅

二亩地收成

是你一年精打细算全部的家当

我的亲娘

您的离去

我曾惶恐也曾忧伤

您的重任

我如何才能担当

正是那锄头和您浑身的滴水

才给了我勇敢

给了我前进的力量

报告文学

B A O G A O W E N X U E

诠释情与法的老人高士勇

我这里要说的这位情与法的老人，是江苏永明晖律师事务所的律师，他叫高士勇，63 岁，泗洪县城人，他从 20 世纪 80 年代起就是一名厂医。从医之人大多宅心仁厚，见不得百姓疾苦。为了心中那份爱，他业余时间开始钻研律法，面对浩如烟海的律条，法律专业用语，如蚁啃骨般一个字一个字地理解，一个词条一个词条地领悟，用心体味，慢慢消化，直至融会贯通。24 年前，他完成法律专科学业后又拿到本科文凭，最终通过律师考核，取得了律师资格。从那时起，他决心放弃从医，拿起法律这个神圣的利器来实现自己的人生梦想，为社会尽一份责任，默默诠释着人世间的情与法，爱与恨。

酿事故推卸责任　他给患者撑腰

2007 年春节前夕，于敏怀孕足月在丈夫李松的陪同下到乡镇医院待产，谁料祸从天降，于敏竟成了植物人，即将诞生的小天使也不幸夭折。顷刻间家破人亡，灾难击垮了李松这个中年汉子。面对转瞬即逝的生命，院方却以种种借口推卸责任，不愿承担任何费用，家徒四壁的李松在绝望的边缘痛苦地挣扎。经人介绍，李松找到了法律援助中心。

法律援助中心指派有医疗知识的高士勇为其援助。接案后，经过仔细询问，得知于敏怀孕期间经医院检查，胎儿及胎位均属正常，却偏偏还是发生了意外，这件事深深地刺痛了高士勇的心。他凭着自己 12 年的从医经验来推断，这是一起医疗事故，可一时又拿不出相关证据。高士勇决定从掌握第一手资料着手，他专门到新华书店买了一套《妇产科学》《药物学》书籍，从用药上、催产素剂量上、手术操作上进行认真研究，写下了大量的研究笔记。经过反复研究，他认为医院用药欠妥，手术不当，存在明显的医疗过失行为，医院应承担不可推卸的主要责任，遂代理申请鉴定。

医疗事故技术鉴定委员会鉴定结论为："本病例属于一级乙等医疗事故，医方承担主要责任。"司法鉴定所的鉴定结论为："被鉴定人处于植物生存状态，全部功能活动需由他人代做，属于完全护理依赖。"

庭审时，高士勇凭借翔实的妇产科学知识反驳被告，并根据已收集的大量证据，认为医院方对孕妇入院时孕足月、胎膜早破的诊断明确，医方对产妇接产过程中，使用缩宫素欠妥，按压子宫不当，导致新生儿窒息死亡、子宫破裂、失血性休克，存在医疗过失。医方对患者进行全子宫切除术，缺血缺氧性脑病、去皮层综合征与医方医疗过失有因果关系。他的分析条理清晰、丝丝入扣，使旁听者折服。最终，法院支持了诉讼请求，判决医院方支付 85 万元医疗过错赔偿金。

弃病妻卷款走人　他来伸张正义

命运多舛的女人玲玲，10岁那年遭遇家庭变故，后因经济条件不好而辍学。懂事的玲玲没有抱怨生活，用勤劳的双手帮衬着母亲维持生计。这个善良的小姑娘慢慢出落成温婉可人、亭亭玉立的大姑娘后，上门提亲的人络绎不绝，可她偏偏相中了本村的小伙子吴红星。

2009年7月，玲玲与吴红星登记结婚。她本该是个幸福的女人，却因一次医疗事故，幸福戛然而止。灾难过后的她，也由一位端庄秀丽的"小天鹅"变成了智商低下、肢体残疾的"丑小鸭"。

该医疗纠纷经相关部门调解，双方达成协议：卫生服务站一次性赔偿玲玲17万元损失，合作医疗又给她报销了5万余元医疗费。此时，夫妻俩居住的房屋被政府征收拆迁，得到了23万元的拆迁补偿款。考虑到玲玲的实际困难，政府又多支付给了她5万元的生活补助费。上述款项合计50万元，由玲玲的丈夫吴红星掌管。

由于自私和贪婪，玲玲的丈夫竟然携款潜逃。为了给女儿讨回公道，玲玲的母亲四处奔走，向妇联、信访、公安机关等部门反映过，结果不尽如人意。2013年4月10日，绝望中的玲玲母亲听说法律援助中心可以提供免费法律帮助，便找到了该中心。法援中心指派高士勇承办这起案件。

吴红星的行为涉嫌遗弃罪。由于自诉案件要求有被告人的下落才能立案审理，因此自诉的路子走不通了，只能通过公诉途径，由公安机关用特殊的手段寻找犯罪嫌疑人。鉴于玲玲当务之急是要拿到钱治病，从公诉附带民事诉讼到拿到执行款，需要经过漫长的过程，故只有通过追究其刑事责任作为威慑，促使被告早日交出钱来为玲玲治病和生活。

鉴于此，在公安机关的大力协助下，通过传唤吴红星的家人，向其说明利害关系，动员其家人做工作，终于将吴红星找了回来。经过动之以情，晓之以理，吴红星终于从贪婪回归到良知，并认识到了自己的过错。

假农药坑农害农　他要讨回公道

2009年，村民张春承包种植的200亩水稻严重减产。张春在回忆精耕细作的全部过程后，最终断定问题出在农药环节。鉴于张春投入较大，损失惨重，法律援助中心指派高士勇和另一名律师为张春的诉讼代理人，为其提供法律援助。为此，他们到南京、赴盐城、去上海进行咨询，最终由上海市农药研究检测中心出具鉴定结论：该药"除了含有三唑磷外，还含有治螟磷、毒死蜱"。

按照相关法律法规的规定，禁止农药中含有后两种成分，故可以认定该农药为不合格产品。为了慎重起见，高士勇又从其他角度考量减产有无自身原因。最终用排除法，推定了减产损失与李某销售的假农药具有关联性。并通过一系列筛选、对比、排除，形成了一个证据链，即：同样的管理模式、种植环境、气候因素，使用过李某农药的稻田严重减产，而没有使用过李某农药的稻田却获得了丰收。2010年3月，人民法院开庭审理了此案。援助律师向被告方提出水稻减产损失赔偿。被告方态度强硬，辩称无法证实不合格农药和水稻减产存在因果关系，拒绝赔偿。根据《中华人民共和国民事诉讼法》产品责任纠纷举证责任倒置的规定，被告方如果主张

自己的产品质量不是造成损失的原因，就应承担举证责任，否则，就应当承担不利的法律后果。法庭上围绕本案争议的焦点，双方互不相让，争执不下。后经审判委员会介入，原告的理由最终得到了法庭的认可，被告方败诉。

在被告坦诚担责、明理服法的前提下，本着既维护当事人合法利益又促进社会和谐稳定的原则，考虑到被告家中屡遇变故、经济困难等原因，又从中调解，高士勇说服原告予以谅解并做出让步，最终达成6万元的损失赔偿。这场历时一年的艰难维权，这才圆满画上了句号。

2017年5月6日刊发于《宿迁晚报》
2017年获"法治泗洪"故事征文一等奖

孙保顶战"疫"普法情切切

春节本是一个温馨、团圆、祥和而又喜庆的日子，然而，2020庚子年春节，这个美好的日子，却被一场突如其来的新冠病毒阴霾所笼罩。一时间人们谈虎色变，心里恐惧不安，但也有人若无其事，根本就不佩戴防护口罩，随意在大街上来回走动，处于"天是老大，我是老二"的我行我素自由散漫状态。

瞬间，各级党委政府高度重视，全国上下数以千计的党员干部、抗疫志愿者纷纷投入这场声势浩大的新冠疫情防控战斗中来。孙保顶就是其中一员，他每天奔走在村庄里、小区中的每一个疫情防控排查点上，见到务工回家过年人员就问："小李呀，你回来到镇里核酸检测和登记了吗？""大侄子，一定要遵守疫情防控法律法规，安心在家做好居家隔离……"这些也是抗疫期间孙保顶每天说得最多的话。

2020年春节，泗洪县龙集镇党委政府依法开展抗击新冠疫情防控，需要人手，但除了值班人员外，其他人员都回家过年了。在这要紧关头，孙保顶作为一名优秀共产党员，他主动向党组织请缨。

闻听大疫难当头，热血男儿愿解愁。

冠病面前何所惧，赤心防控竞风流。

　　"关键和危险时刻，一名退役军人，一名优秀共产党员就应该有这样英勇无畏精神和高尚的品格。"时任龙集镇党委书记石权和在任镇长许付军曾多次在全镇干部大会上这样表扬孙保顶。

　　53岁的孙保顶出生在美丽的洪泽湖西岸，泗洪县龙集镇孙庄村。他1987年高中毕业，同年10月响应国家号召应征入伍，在河北省廊坊市服兵役，1991年12月退役，在该县龙集镇从事人民调解和普法宣传教育工作，这一干就是29个年头，他也从一个黑发青年变成了一个名副其实的老孙头。他的调解办公室里19面矛盾化解当事人赠送的锦旗，好像在静静地向人们诉说着——孙保顶把"群众纠纷无小事"看得比泰山还重。

　　他兢兢业业的付出和一丝不苟的认真态度，以及对"情与理、爱与法"的兼顾，像润物细无声一样，让当事人愤愤不平而来，最后握手言和欢笑而归。他先后20多次被江苏省、市、县司法行政机关和龙集镇党委政府表彰为先进个人和授予优秀共产党员光荣称号。

主动请缨普法让党委放心

　　去年大年三十，泗洪县龙集镇党委政府召开疫情防控工作紧急会议，很担心此次疫情防控声势浩大，怕群众心里恐慌和一些群众盲目不配合，就决定成立一支以共产党员为主的疫情防控普法宣传队伍。正在家中过春节的孙保顶闻讯赶来，主动请缨："我是一名共产党员，又是一名退伍军人，在司法所工作，疫情防控普法宣传教育我在行，请把这项工作交给我。"

大年初一，庄子上的人家都噼里啪啦放过了鞭炮，孙保顶的妻子许桂侠也早早包好了饺子等待孙保顶的归来，可是午饭饭点已过了很久，他还是没有回家。妻子拨通了他的电话："外面这么冷，你的胃不好，不能长时间饿肚子，要不我去替换你，帮你顶一会儿班，你回来吃口饭？"孙保顶很清楚妻子的身体也不好，就安慰妻子："我没事，你和孩子先吃，一会儿就有人来替换我。"孙保顶的解释和安慰让妻子很无奈，便轻轻地挂上了电话。

身子骨柔弱的妻子要去顶班替换和孙保顶的"你和孩子先吃"，足见他们夫妻间的感情至深至臻。无论是抗疫普法，还是特殊人群服务管理等各项工作，孙保顶不仅能让党委政府放心，也让广大人民群众放心、安心。村民都很喜欢他、相信他，也很愿意与他促膝相谈交朋友，并亲切地称呼他为"俺的知心老孙头"，足可见孙保顶是广大人民群众的贴心人，先进与优秀处处彰显着他的真功夫，这绝非是浪得虚名。

小喇叭呼喊换来群众安心

"疫情防控，重如泰山，关乎每一个人的生命，请大家听从、服从党委政府的安排，遵守疫情防控法律法规，做到讲卫生、勤洗手、不串门、不聚众、不赌博。"抗疫期间，孙保顶的普法宣传小喇叭在每一栋居民楼里、每一个村庄上不停回响。

从早到晚的喊话让他的嗓子喊哑了，他的母亲很是心疼儿子，

打定主意要到龙集街上的药店里给儿子买一点胖大海回来泡水喝，却被孙保顶阻拦住了。"妈，请不要出去，我没事，我能坚持，现在是非常时期，我天天喊着、劝着，让别人不要出去、不要串门，我们家一定要带头做到不出门、不串门。况且你的年纪这么大，天又这么冷，您这怎么能让我安心疫情防控呀！"孙保顶一边阻止着，一边安慰着母亲说。

每天晚上，孙保顶拖着疲惫的身子回到家中，顾不上休息，还要把《传染病防治法》《治安管理处罚法》等相关法律法规条款摘录下来，编辑转发到全镇 15 个法润民生微信群和镇人民调解工作微信群里，指导大家依法开展疫情防控，重点排查化解疫情防控所引发的各类矛盾纠纷。

采访中，该镇应山居委会 76 岁村民刘化俊老人向采访人员介绍说："在家里蹲的那段日子里，我们只要听到林群（孙保顶儿子乳名）爸的声音，我们的心里就有了底。他是党员、退伍军人，大家都很相信他说的话！"

防控点及时化解夫妻矛盾

心交心、心换心，帮助群众解开大大小小心结和矛盾纠纷，且做事依法依规，公道正派，将一碗水端平的工作作风，让群众特别相信孙保顶，感觉到他就如同严冬与风雪中的一个燃烧正旺的大火炉，是那么的温暖。

2020 年春节刚过，孙保顶还是和之前一样，先骑着电动车到各住宅小区喊话宣传，让居民注重疫情防控，之后便到疫情防控点上接替同事的早班。在过往行人盘查、登记、体温测试中，他发现一名女子有点眼熟。经仔细询问才知道，该女子叫薛丽娟，是自己的邻村人，因丈夫昨晚哥们义气，没有和她商量就私自手机转账借给朋友张晓智 2 万元，与丈夫大吵一架，离家出走，要到街上找律师起诉离婚。

孙保顶知道情况后，立即让薛丽娟登记详细地址和家庭联系电话，并告知她找律师起诉离婚，必须要到县城才行，现在是疫情防控期间，无特殊事情禁止出入，并且现在因延长假期，诉讼部门都还没上班。同时，又把她请到疫情防控点的棚子里歇脚，还给她倒了一杯开水，让她喝点热水暖和暖和。

随后，孙保顶又背着薛丽娟给她家里打了电话，并在电话里教育了她丈夫刘兵（化名）："夫妻的共同财产，出借要和妻子商量，必须征得妻子同意后，方可出借。这件事你必须向你妻子道歉，这是她的权利。"

刘兵听了孙保顶的分析后，很快意识到了自己的做法错误，随后匆匆赶到疫情防控点，向妻子薛丽娟道歉，表示自己错了。孙保顶又上前相劝，让刘兵在手机上截图，妥善保存好出借转账文字、语音等资料，以备不测。还指导刘兵向朋友索要借条，嘱咐他在两年之内要主张自己的权利。

事隔多天，薛丽娟上街买菜，路过疫情防控点，告诉孙保顶，他们夫妻和好了，丈夫也向张某索要了借条。薛丽娟还特意买了几斤橘子，要放到疫情防控点上给孙保顶他们吃，以表示感谢，却被孙保顶婉言谢绝。

孙保顶作为一名优秀共产党员，既是普法志愿者，又是人民调解员，当他看到他们夫妻和好，家庭幸福，自己很是开心，这是他当初的誓言。就是这样一个热爱工作、热爱人民调解事业、热爱以

案说法，能春风化雨般解开千家万户大小"疙瘩"和"死结"的铁骨铮铮汉子，在亲人的一句"《妇女权益保障法》你学了吗"的责问下，孙保顶眼睛湿润，却落下了热泪！

妻子差点丧命自己心有愧

孙保顶的妻子许桂侠常年患病，为了照顾孩子和贴补家用，独自在县城里租了一间储藏室，做点小生意，每天是披星戴月很晚才能回家。一连几天阴雨连绵，地上积水，忙碌一整天的许桂侠，深夜很晚才回到租赁的储藏室，却被漏电瞬间击倒，幸好保安器跳闸，被邻居及时发现，邻居又及时将许桂侠送往医院抢救，直到第三天清晨才脱离危险，许桂侠这才算捡回了一条命。而孙保顶却还在他包保的责任辖区，忙着疫情防控和普法宣传，一句句喊话、对话，稳定着村民急躁的情绪。

为了不影响他疫情防控和普法宣传教育工作，孙保顶的家人没有将此事告诉他，直到组织上安排他回去看看妻子，他才知道妻子住进了医院，躺在病床上已经3天了。他的妻子、孩子连一句怨言也没有。他的孩子大姨看着妹妹躺在病床上，心情很是激动，责问妹夫孙保顶："我妹妹嫁给你时，你信誓旦旦要保护我妹妹，给她幸福，不让她受苦受累，你天天给别人评理说法，《妇女权益保障法》你学了吗？你是如何保护我妹妹的？"

面对姐姐责问丈夫的场景，许桂侠极力劝说姐姐："林群爸镇里、村里事情太多，他已经够累的啦。他是一名共产党员，在岗、在位，抗击疫情，他必须带头。姐你就不要再责怪他啦！是我自己安全意识不强，一时间没有反应过来屋里有水会漏电这事。"看着妻子自责地劝说姐姐，孙保顶眼睛湿润了，这个 50 多岁的铁骨铮铮的汉子再也抑制不住眼中的泪水。

大事小情明理说法有耐心

也正是因为妻子的理解和支持，孙保顶所包保的辖区，每日无论是敲门提醒广大居民依法防控，还是劝说居民居家隔离不要随便外出走动，都落实得特别到位。

陪同一起采访的村支书祁召明一边走一边介绍："去年 1 月 26 日，孙主任和以前一样到我村他包保的辖区去挨门挨户敲门告知，很远就听到一户人家屋里嘈杂吵闹声音很大。孩子开门后，他了解得知，韩兵夫妇俩因妻子觉得在家中地位低下，发生了口角，妻子收拾行李，正要摔门而去，离家出走。"

孙保顶经过仔细了解才得知矛盾主要原因，原来韩兵在本地一家养殖场打工，长年几乎很少回家，家里的事情也很少过问，可钱财却都是韩兵保管，家中小孩读书、家人看病、生活琐碎支出等费用妻子都得向丈夫韩兵伸手索要。

妻子张云感觉自己在家庭中没有地位，也没有话语权，平时都是丈夫说了算，很是委屈，要求丈夫家庭钱财一人保管一半。而丈夫却向孙保顶解释："张云双目失明，保管钱财很不安全。"孙保顶详细了解了情况后，得知了事情原委，从保管钱财安全及家中有事需要花钱丈夫都能及时给予等种种表现，劝说张云自己认为在家中不能掌权、掌钱的想法和要离家出走的冲动行为很是过激。同时，孙保顶还从《婚姻法》的角度对张云丈夫韩兵进行了普法教育和批评，要求韩兵给妻子和孩子一个温馨稳定的家庭，让孩子健健康康、快快乐乐学习成长。家中的大事小情都要主动与妻子张云商量沟通，尊重妻子权利，履行丈夫义务，担起丈夫和父亲应有的责任，不能长期不回家，也不能在家中搞独断专行。

通过孙保顶说理说法，韩兵意识到自己平时的做法有悖于道德伦理和法律法规。丈夫韩兵当场向妻子和孙保顶认错，拿出了 1 万元给妻子作为平时零花钱，深刻认识到妻子为这个家庭付出了太多。并表示，今后自己一定痛改前非，经常回家看望妻子和孩子。就这样通过说理说法，一场家庭风波才算平息。

29 年来，孙保顶几乎跑遍了泗洪县龙集镇大小村庄的每一个角落，每一户人家，以案说法化解各类矛盾纠纷，形成协议或备案的超过 3000 件。那些"张家牛吃王家稻、李家猪又拱赵家菜"的鸡毛蒜皮的小事，他都能通过以案说法，向当事人明理释法，让当事人心悦诚服握手言和，最终息诉罢访止纷争。在普法调解矛盾的实践中，孙保顶颇有心得：

一句话能说跳

一句话能说笑

当情理法

爱与恨结成了冤家

法便有着无穷伟大力量

让人信奉

让人崇尚

让人遵守

可逾越那崇山峻岭

也可迈越万丈深渊道道坎

以案说法抽丝剥茧

终拨云雾见天日

守得云开见月明

化解心中无限结

这不仅是法治的力量

也是真情注入所在

和那润物细无声的无限力量

《时代报告·中国报告文学》2021年第3期

　　获泗洪机关党建庆祝中国共产党成立100周年"百年荣光　建功有我"主题征文一等奖

老兵调解韩发品

韩发品今年 54 岁，1985 年 10 月应征入伍，在武警上海总队第四支队服役，曾 2 次获嘉奖。1989 年 3 月退伍回乡，1992 年参与派出所矛盾纠纷调解工作，2016 任泗洪县曹庙乡专职人民调解员。在矛盾纠纷调解这个岗位上，他一干就是 28 年，调解矛盾纠纷数千起。笔者采访时，当地群众都说他是"老调解"，调解矛盾纠纷公平公正，解开邻里、家庭之间矛盾纠纷千千结。他先后 20 多次获得县、乡先进个人、优秀共产党员等，2018 年被司法部表彰为"全国人民调解工作先进个人"。

冲突面前　勇于担当

"这么多年来，韩发品的军人本色从未改过，哪里有矛盾纠纷发生，他都会第一时间赶到，敢于阻止、敢于担当。"曹庙乡党委副书记、政法委书记朱金宏向采访人员介绍说。

2019 年春节前夕，因讨要工资，刘某某、徐某某等 14 名农民工手持铁锹、扁担，将曹庙乡农业开发项目承包方老板薛某团团围住，你推我搡，险情一触即发。危险关口，韩发品一个箭步冲进人群，厉声喊道："大家都不许动手，谁要先动手，出事都由他一个人扛着。不就是工资嘛！有话好好说，今天老板不付给你们工资，我付，我付不起，还有乡党委、政府给你们付，请你们放心。"韩发品如此喊话，让惊险的场面逐渐平静下来。

"老调解，你可算来了！你说我冤不冤，我的工程款已经付清，他们这些人却来缠着我，你今天要不是及时赶到，我肯定吃亏！"薛某很委屈地说。

韩发品经仔细询问才得知，薛某承包下来的工程又转包给小包工头张某，而张某结算了所有工程款后拔腿跑了，因此才有此纠纷。韩发品得知事情来龙去脉，反问薛某有无承建资质，将工程转包给张某，张某有无承建资质。得知薛某的公司具有承建资质，而张某无承建资质，且薛某又是承建公司法人代表，工程承包合同又是薛某亲笔所签。韩发品对薛某晓之以理，让薛某意识到有义务给付工人工资。至于薛某已经给付给张某的工人工资部分，韩发品答应薛某帮助调解讨要或依法向人民法院起诉。

几天后，14 位农民工的 15 万元工资经韩发品亲手清点后，一一发放到位。

春风化雨　滋润千家

当采访人员向韩发品提及这 28 年来做人民调解工作最大的收获是什么时，韩发品颇有感慨："平时都是夫妻之间、婆媳之间、邻里之间的一些鸡毛蒜皮小事情，但这些小事情处理起来，稍有不慎，就会导致家庭破裂、邻里矛盾更加激化。"

"韩发品化解矛盾纠纷，如同春风化雨，让家庭矛盾纠纷大事化小、小事化了，夫妻和好、邻里和睦。"曹庙乡信访办主任张展超这样评价道。

韩发品告诉采访人员，他清楚地记得，那是1996年夏天，他刚调解好中洼村一起婆媳矛盾纠纷后到家，爱人就告诉他，街上的胡某和妻子施某找上门，施某要求离婚。韩发品很了解胡某的性格，只要与他人说话不投机，就有可能动起手来。韩发品连饭也没来得及吃就赶到胡某家，胡某夫妻俩吵得正凶，9岁的女儿、7岁的儿子吓得直哭。

韩发品到场后，狠狠地批评了胡某夫妻俩一顿，说大人争吵不要吓着孩子，孩子是无辜的。韩发品一边说着，一边将两个年幼的孩子带到另一间屋里。经了解，原来是施某不满丈夫无所事事才想离婚的。当年施某嫁给胡某，就是看中胡某是"农转非"户口，又在乡供销社上班，感觉很有面子。后来因供销社推进体制改革，胡某下岗无事可干，夫妻经常因生活琐事发生口角。

韩发品从婚姻家庭等角度，给夫妻俩细数本乡本土因夫妻离异导致孩子出现了哪些问题，包括教育问题，偷拿同学钱物，被派出所传唤等。同时，又给胡某出主意，建议承包供销社柜台店面，到淮安进货自己经营。胡某听了韩发品的话，家庭经济状况逐渐好转了，夫妻俩和睦相处，日子过得红红火火。看到这对夫妻和好如初，韩发品的脸上洋溢着一种喜悦，内心也有一种说不出口的成就感。

"他只要听说哪里有矛盾纠纷，不管什么情况就往前冲，让我为他担惊受怕。这不，今年过年，人家都高高兴兴在家过年，他却因阻止人家要工资弄伤了手腕，天天到卫生室去针灸活血化瘀。"

韩发品的妻子盛文霞说。

以理说法　解开心结

当采访走进韩发品家时，他的妻子介绍说："他刚从盛圩村处理完陈某、陈某某兄弟俩分割父母财产的事回到家，界集法庭又打电话来，要求他去做庭前调解工作。"

原来，李某与阮某因赊瓷砖还有 1 万元余款未付，闹起了纠纷，打了官司，闹到了界集法庭。界集法庭让韩发品进行庭前调解，韩发品接电话后，立即召集双方当事人，经过仔细询问才得知，2016 年 2 月，阮某承包乡客运公司装潢工程，从瓷砖经销商李某处购买了 1.3 万元瓷砖，当时首付 3000 元，余下欠款 1 万元至今未付。"余款未付，原因是客运公司因瓷砖贴上后颜色不一，拒付装潢款项，有当时照片为证。"阮某说。

韩发品知道事情的来龙去脉后，立即进行了调解，从买卖合同约定角度向当事人说理说法，让阮某意识到瓷砖颜色不一，当时没有立即停工，让经销商李某前来验货，事隔 3 年，再说此事理由欠缺。但瓷砖颜色不一这一问题确实存在。于是，韩发品让双方退步，最终圆满解决了这起赊欠纠纷。

他的老伴盛文霞提及韩发品这么多年来一直扑在群众的大事小情矛盾化解上，作为妻子的她内心的担忧："别看他只是个人民调解员，但平时工作很忙，乡村群众矛盾纠纷很多，有的时候还会有打架斗殴的，我真担心他一不小心被那些不理智的人揍了。"担心归担心，但是韩发品调解矛盾有一套。他能察言观色去平息群众纠纷，用心去处理问题，公平公正，以理说法，时间长了，大家都很

信任他，即便有了心结，经他耐心调解，也就心平气顺了。

公平公正　平息纷争

2018年5月，武岗村五保户魏某到乡里信访，找到乡长扬言："我这事情要是处理不好，就到县里、市里去信访。"乡长急忙拨通韩发品的电话："老韩，你赶紧过来，村民魏某来信访，可我现在要到县里去开会，这事情你一定要处理好。"乡长临行前再三叮嘱。

韩发品连饭都没吃完就赶到了乡里，经过仔细询问了解到，魏某与李某因地界和地界上9棵树的归属问题发生了纠纷。韩发品跟随魏某来到现场，向魏某询问界桩时，魏某说，1995年土地调整时有石灰界桩，后经多次寻找都没找到。李某则称，当时有界桩，打下的界桩是26毫米的螺旋钢，并且还有时任村委会主任张某为证。韩发品问及李某界桩何在，李某用铁锹挖，第一锹就找着了界桩。韩发品仔细观察界桩，界桩很新，没有一点锈迹，分明是刚打下不久，而且李某显然很熟悉这个界桩，第一锹就能挖到它。韩发品心中有了数。

他根据李某提供的人证走访了原村委会主任张某，张某当场否认此事。韩发品又向更远的地邻界桩一一向前排查，最终找到了原始石灰界桩，让李某无话可说。韩发品当场决定将地界上的一棵树卖掉，魏、李两家平分，其他边界上的树木一一分清，一次性砍伐卖掉，避免树木越长越大，再次发生矛盾纠纷。

"李某与原村委会主任张某是亲戚关系，他认为张某会出来证明此事，老韩会偏向他，这事李某真的是想错了，老韩处理矛盾纠纷从来都是只认理不认人的。"随行一起参加调处的工作人员朱昌如这样说。

在不久前泗洪县维稳暨人民调解工作会议上,县委书记王晓东现场表扬韩发品是优秀人民调解员中的佼佼者,并号召全县人民调解员都向韩发品同志学习。

2019年5月21日刊发于《宿迁晚报》,2021年刊发于《铁军》杂志第2期

获中共宿迁市委政法委2019年度政法优秀新闻作品报刊类三等奖